매우 혼자인 사람들의 일하기

매우 혼자인 사람들의 일하기

비대면 시대에 우리가 일하는 방법

김개미 ∣ 김겨울 ∣ 김광혁 ∣ 김기영 ∣ 김영글 ∣ 김주영

김택규 ∣ 노명우 ∣ 리우진 ∣ 신견식 ∣ 이지영 ∣ 황치영

글항아리

여기, 비대면 시대에 남들보다 덜 우울하고 더 잘 살아남는 이들이 있다. 혼자 있다보니 경쟁력이 생겼고, 모여 웅성거리는 사람들로부터 떨어져 나오니 만사가 잘 풀렸다고 말한다. "모든 만남은 정성과 에너지를 필요로" 한다. 그 에너지를 하나하나 비축해서 나의 일에 쏟아붓는다. 그러면 혹시 일하는 기계가 돼버리진 않을까. 그럴 우려는 없다. 일하는 나, 노는 나, 쉬는 나를 분리시켜놓았기 때문이다. 사교와는 거리를 둔 삶을 살아가지만 "글을 쓴다는 것은 기본적으로 불필요한 만남과 거리를 두는" 것이기에 오히려 홀가분하다.

　프리랜서로서 매우 혼자인 삶을 사는 이들은 의외로 멀티태스킹에도 능숙하다. 글쓴이들의 다수는 '다중이'다. 내 안의 부캐들이 활약하는 것을 이들은 일찍부터 허용해왔다. 대다수의 사람은 자기 속에 감춰진 재능을 발견도 못하고 발휘도 못한 채 직업생활을 마감한다. 다 늙어 혈관이 막히고 근력이 소실될 때 욕망과 재능을 발견하면 어쩌려고 그러는가. 주인인 줄 알고 모시고 살았던 재능보다 하인 취급했던 재능이 더 뛰어나다는 걸 발견하는 사람들이 종종 있다. 특히 혼자서 일하는 이들은 자기 안에서 들리는 여러 목소리를 분별해낸다. 김광혁 디자이너와 김겨울 북튜버가 다중이의 화려한 스케줄을 잘 보여준다.

반면 자기 영역 안에서는 자유자재로 움직여도 관심사를 최소한으로 제한시켜야 프리랜서의 삶은 방향성도 생기고, 컨트롤도 가능하다. 번역가 신견식은 여러 언어를 넘나드는 것은 좋아해도 번역 외의 영역은 잘 넘보지 않는다. 그는 "뭔가를 안 하는 데서도 재미를 느끼"며 관심사를 좁게 버린다. 부동산, 주식은 물론 실시간 뉴스에서도 떨어져 있는데 통제 불가능한 변수를 줄이려는 생활 전략이다. 괜한 습관, 버릇을 들이지 않는 게 이들에게는 중요하다. 여행도 그리 즐기지 않지만, 남극이나 북극은 가보고 싶다고 한다.

집순이, 집돌이가 대세인 시대가 되기 이전에 그런 패턴이 나의 에너지를 한곳으로 모아주며 내 경쟁력을 키워준다고 깨달은 이들이 있다. 시인은 모름지기 심리적 항상성을 유지해야 시를 쓸 수 있는데, 김개미 시인은 '능동형 외톨이'로서 격일제 시인이다. 하루는 시를 가까이하고 하루는 멀리한다. 안 쓰는 날은 시에서 최대한 멀리 떨어져 있도록 노력한다. 그래야 분신인 시가 나와 오랜 세월 함께할 수 있기 때문이다. 1인출판사를 운영하는 김영글 대표도 집순이는 외롭지 않을뿐더러 매우 윤택한 삶을 누린다고 자신 있게 말한다. 미술작가인 그의 윤택한 삶이 어떨지 너무 궁금하다.

크리에이터들은 혼자 걸으면서 착상을 떠올리곤 한다. 걸으면 전두엽이 자극되고 도파민이 분비돼 창조적인 생각들이 솟기 때문이다. 매일 1만 보를 채우는 김기영 광고 크리에이터는 거리에서 많은 광고를 기획할 수 있었다. 여러 해 전 백반집에서 〈빠담 빠담 빠담〉이란 노래를 듣다가 휴대전화 LTE 광고 '빠름 빠름 빠름'을 기획했고, 길거리에 버려진 책뭉치를 보고 '저 사람은 이제 종이책 대신 앱 구독을 시작하게 됐는지' 모른다고 상상하면서 책 구독 서비스 업체의 광고 기획을 냈다. 걸으면서 대사를 외우는 리우진 배우도 아침 먹고 연습실로 나설 때 지하철을 탔다가 중간에 내려 1시간 30분을 일부러 걷는다. 몸 풀기에 제격이고 독백 대사는 걸으면서 더 잘 외워지기 때문이다. 오늘도 그는 여러 개의 오디션을 준비하고 있다.

혼자인 사람에게 가장 중요한 것은 육체적, 심적 건강이다. 절대 밤샘하지 말 것, 좋은 음식으로 배를 채울 것, 규칙적인 생활을 하고 운동으로 긴장을 이완시킬 것은 이들이 스스로에게 심어놓은 규율이다. 노명우 사회학자, 김주영 피아니스트, 이지영 클래식 음악 중개자 등이 이런 생활의 달인이다.

'성실의 사이클은 인간을 배신하지 않는다.' 번역가 김택규와 출판 교정가 황치영과 같은 프리랜서들이 피부에 새겨넣은 말이다. 여기저기 사회적 시선이 촘촘한 우리 사회에서 주변 사람의 눈길이 느껴질 때도 있지만, 이들은 자기만의 외피를 쓰고 삶의 방법을 잘 개발해온 것이 벌써 수년, 수십 년째다. 예전부터 잘 살아왔지만, 비대면 시대가 된 지금 더 고양된 삶의 한때를 통과하고 있다.

매우 혼자인 사람은 결국 혼자 잘 노는 사람이다. 어떻게 해야 혼자만의 즐거움과 유쾌함을 생활로 만들 수 있을지 궁리하는 분들을 생각하며 이 책을 기획했다.

글항아리 편집부

기획의 글 _004

프리랜서의
시간여행을 위한
학기 가이드

작 김
가 겨
　 울

지원 요강:　자유 지원(아래 준비물 필수)

준비물:　일을 할 수 있는 정도의 건강, 일에 대한 책임감, 헤르미
　　　　온느의 타임 터너(닥터 스트레인지의 아가모토의 눈으로 대
　　　　체 가능)

과목:　유튜브의 이론과 실제, 원고 쓰기 심화, 책 마감의 역사,
　　　　라디오 진행의 이해, 종합 프리랜서 이론

유튜브의 이론과 실제

환영합니다. 저는 유튜브 채널 〈겨울서점〉을 운영하고 있는 유튜버 김겨울입니다. 지금부터 여러분께 유튜버가 어떤 일을 하는지, 어떻게 계획하고 실행하는지, 그러는 동안 무슨 일이 벌어지는지를 설명해보도록 하겠습니다. 오늘의 설명은 어디까지나 〈겨울서점〉을 기준으로 하고 있으며 채널마다 상황이 다름을 유의해주시면 좋겠습니다. 일단 본격적인 내용에 들어가기 앞서, 〈겨울서점〉의 시스템을 간단히 톺아보도록 합시다.

　〈겨울서점〉에는 매주 화요일 정오에 영상이 올라갑니다. 추가 영상이나 깍두기 영상을 금요일에 올릴 때가 가끔 있었는데 최근에는 그 빈도가 높아져 사실상 주 2회 영상을 올리고 있습니다.

한 달에 한 번, 뜸할 때는 두 달에 한 번 정도 생방송을 합니다. 기본적으로 잘 기획된 영상을 올리는 것을 목표로 하고 있기 때문에 비교적 기획이 적게 들어가는 생방송이나 내용이 단순한 낭독 영상은 잘 진행하지 않습니다. 따라서 매일 생방송을 하고 그중 재미있는 내용을 편집해서 올리는 스트리머들이나 그때그때 즉흥적으로 영상을 만들어 올리는 유튜버들과는 작업 사이클이 다릅니다.

그럼 제가 매일 무엇을 하면서 일하는지 살펴볼까요? 유튜브 영상 하나를 올리는 데에는 다음과 같은 과정이 필요합니다. 영상 기획, 스크립트 작성, 촬영, 편집, 업로드. 이 과정을 영상마다 반복합니다. 아주 규칙적인 작업이죠. 그래서 저는 업로드 날을 기준으로 역산하여 해야 할 일을 요일마다 적어둡니다. 이날은 기획하고, 저날은 책을 읽고, 또 다른 날은 스크립트를 쓰고, 이날은 촬영을 하고, 요 며칠은 편집, 다음 날은 업로드. 그러면 아주 근사한 시간표가 완성됩니다. 그다음은? 그 날짜가 되면 적어둔 대로 하면 됩니다. 참 쉽죠?

미안합니다. 사실은 안 쉽습니다. 스크립트가 쓰기 싫어 돌아버릴 것 같을 때가 있습니다. 아직도 매주 하는 촬영이 힘들고 부담스럽습니다. 아무리 사랑하는 책이라도 읽기 싫어질 수 있습니다. 그럴 땐 저를 너무 몰아세우지 않고 맛있는 음식이나 재밌는 영화로 잘 달래서 휴식을 준 뒤 한 다섯 페이지만 떠먹여봅니다. 그럼 그 뒤는 훈련된 제가 알아서 합니다. 그 다섯 페이지에 도달하는 게 가끔은 무척 고역이지만, 저는 제가 쌓아온 성실의 사이클이 저를 배신하지 않는다는 것을 알고 있습니다. 엄청난 양의 일을 압축적으로 해온 지난 4년간의 프리랜서 생활은 사실상 그 성실의 사이클을 만드는 과정이었습니다.

그럼 성실의 사이클이 어떻게 만들어졌는지 살펴보겠습니다. 예를 들어 다음 주 화요일에 영상이 올라간다고 해봅시다. 적어도 언제 촬영을 마쳐야 할까요? 제 기준은 일주일 전입니다. 편집자 분께 부탁을 드리든 제가 편집을 하든 일주일 정도의 시간은 필요합니다. 그러니까 이번 주 화요일에는 촬영이 마무리되어야 합니다. 아무리 늦어져도 닷새 전에는 촬영을 마치니까 이번 주 목요일까지는 촬영본이 나와야 합니다. 이번 주 화요일에 촬영을 한다고 치고, 촬영을 하려면 스크립트가 필요하겠죠? 스크립트는 언제 써야 할까요? 맞습니다. 화요일에 찍으려면 적어도 월요일에는 스크립트가 완성되어 있어야 할 것입니다. 스크립트를 쓰려면 뭐가 필요죠? 그렇습니다. 기획에 맞춘 준비가 필요하죠. 책을 읽든, 리뷰할 물건을 사든, 책 페스티벌에 다녀오든, 스크립트에 쓸 내용이 필요합니다. 책을 읽는 데에 드는 시간은 책마다 다르니까 넉넉히 잡아 일주일로 하겠습니다. 물건을 리뷰할 때는 한 달 정도는 써

봐야 하니까 한 달 전에는 구매를 했어야겠죠. 책 페스티벌은 스크립트 없이 찍는 경우도 있지만 기본적으로는 촬영 전에 얼개를 구상합니다. 복잡하니까 여기서는 책 한 권을 리뷰하는 영상을 기준으로 이야기하겠습니다. 그럼 저는 지난주에 이미 책을 읽었을 것입니다. 그 책을 읽기로 한 결정은 언제 했을까요? 그 전에 했겠죠. 이게 제가 매주, 매달, 매년 하는 역산입니다. 이걸 4년 정도 했으니 몸에 습관이 붙는 것도 이상한 일은 아닙니다.

그런데 영상을 다음 주에 하나만 올릴 건 아니니까, 그다음 주 영상, 2주 후 영상도 미리 준비해야 합니다. 이를테면 오늘부터 영상 하나를 올린다고 생각하고 순서대로 정리해보겠습니다. 원칙적으로는 아래와 같습니다.

오늘: 영상 기획

이번 주: 책 선정, 구매, 검토 (+그다음 주 영상 기획)

다음 주: 책 읽기, 필요 시 다른 책으로 교체, 필요 시 다른 책과 추가 자료 검토 (+그다음 주 영상 준비물 선정, 구매, 검토) (+그 다다음 주 영상 기획)

다다음 주: 스크립트 완성, 촬영, 영상 편집 (+그다음 주 영상 책 읽기, 물건 주문하기, 써보기) (+그 다다음 주 영상 준비물 선정, 구매, 검토) (+그 다다다음 주 영상 기획)

다다다음 주: 영상 편집 피드백, 영상 완성, 업로드. 와, 끝났다! (+그다음 주 영상의 스크립트 완성, 촬영, 편집) (+그 다다음 주 영상 책 읽기, 물건 주문하기, 써보기) (+그 다다다음 주 영상 책 선정, 구매, 검토) (+그 다다다다음 주 영상 기획)

영상이 매주 올라가니까, 성실의 사이클도 매주 돌아가야 합니다. 그래서 기획을 미리 해두지 않거나 그날 정한 일을 하지 않으면 코앞에 닥쳐서 허둥지둥 영상을 만들게 됩니다. 그럴 땐 훨씬 시간을 단축할 수 있지만 그건 건강에 별로 좋지 않습니다. 정신적으로도, 신체적으로도요. 아무리 작업 기간을 줄여도 영상 한 편당 2주 정도는 확보해두려고 합니다.

정말 즉흥적으로 재미있게 찍을 만한 영상이 떠올랐을 때 그걸 찍어서 올리는 건 문제가 되지 않지만, 그런 빛나는 아이디어에만 의존하면 지속하기가 어렵습니다. 우리 머릿속이 늘 빛나진 않으니까요. 프리랜서는 빛을 믿으면 안 됩니다. 영감은 매일 찾아오지 않습니다. 프리랜서의 생명은 성실성과 끈기라고 저는 믿습니다. 그렇게 일하다보면 영감님이 이 양반은 누구인데 이렇게 매일 문을 두드리냐면서 가끔 얼굴을 비추는 것입니다.

이 수업이 프리랜서의 시간 여행을 위한 과목임을 잊지 마십시오. 우리는 다음 코스에서 다시 처음부터 계획을 짤 것입니다. 유튜버 김겨울의 계획이 그 자리에 있다고 생각하고, 그 위에 새로운 스케줄을 한 겹 덮어씌운다고 생각해보세요. 그럼 다음 코스로 넘어가겠습니다.

원고 쓰기 심화

환영합니다. 저는 리디셀렉트, 매거진 『Chaeg』, 잡지 『씨네21』에 고정적으로 글을 쓰고 있고, 잡지 『기획회의』에 1년여 간 정기 연재를 했고, 그 밖의 문예지와 웹진 등 여러 매체에 종종 글을 쓰고 있는 작가 김겨울입니다. 뭔가 이상하다고요? 아, 타임 터너는 다들 가져오셨지요? 우리는 이제 새로운 일정을 짤 것입니다. 모두 날짜를 1일로 돌려주세요. 이제 다시 한 달이 시작됩니다.

　제가 지금 맡고 있는 정기 연재는 앞서 말씀드렸듯 세 가지입니다. 그중 한 가지는 격주 단위로 마감이 정해져 있고, 나머지 두 개는 월 단위로 마감이 정해져 있습니다(정확히는 하나는 월 단위, 하나는 4주 단위입니다). 이상하게도 정기 원고 마감은 참 빠르게도 돌아와서, 원고 하나를 넘기고 '다 썼다!'고 환호하자마자 다음 원고가 들이닥칩니다. 최근에는 3개월 동안 주 단위 마감도 있었는데 주 마감, 격주 마감, 월 마감 두 개를 하고 있자면 글을 완성해서 보내는 것이 마치 밥 먹고 잠 자는 일처럼 느껴져 슬펐습니다. 글을 매번 그렇게 쓰고 싶지는 않거든요. 그래서 가끔은 마감을 축하해줄 필요도 있습니다. 수고했다고 말해주고, 맛있는 것을 먹여주고, 사고 싶었던 물건을 하나쯤 사주고, 가끔은 와인을 반 잔 정도 급여해줍니다. 이렇게 쓰니까 반려동물을 먹이로 조건화시키는 모습이 연상되는데 본질적으로는 크게 다르지 않을지도 모릅니다. 인간도 동물이니까요.

저는 원고 마감 한참 전에 미리 글을 써두는 훌륭한 사람은 못 됩니다. 대개는 마감 이틀 전쯤부터 쓰는데, 뭘 쓸지 고민하는 시간도 쓰는 시간으로 쳐준다면 적어도 일주일 정도는 간헐적으로 쓰고 있다고 말해도 틀리진 않을 듯합니다.

『Chaeg』의 월 단위 마감은 인터뷰 코너라서 매달 인터뷰 대상을 섭외해 인터뷰를 하고, 그걸 원고로 정리합니다. 이건 사실 원고를 쓴다기보다는 들으면서 받아쓰고 다듬는 일에 가깝습니다. 보통 월초에 인터뷰를 하고 중순쯤 원고를 정리해서 넘깁니다. 아까 첫 코스인 '유튜브의 이론과 실제'에서 썼던 (지저분한) 달력을 꺼내 5일 정도에 '■인터뷰하기'라고 쓰고, 15일 정도에 '■인터뷰 원고 완성하기'라고 쓰겠습니다.

『씨네21』에 쓰는 것은 잡지의 맨 마지막 페이지 '디스토피아로부터'라는 칼럼 섹션에 실릴 글입니다. 이 글의 주제를 정하는 게 가장 힘듭니다. 칼럼이니까 왠지 사회적인 이슈를 다루어야 할 것 같고, 그러면서도 잡지를 잘 마무리해주어야 할 것 같고, 짧지만 의미 있는 글을 써야 할 것 같다는 압박감에 시달립니다. 하지만 가장 중요한 건 마감이니까 마감 며칠 전까지 최대한 생각해보고 그중 하나를 골라서 씁니다. 월요일 정오가 마감이므로 보통 일요일에 완성된 글을 보냅니다. 월말 일요일 정도에 '■씨네21 원고'라고 쓰겠습니다.

리디셀렉트의 격주 단위 연재는 책과 관련된 이야기라서 일상 속에서 소재를 금방 찾습니다. 요즘 읽은 책, 최근에 한 책 정리, 최근에 산 책, 드라마화된 책 등등 할 이야기는 찾으려고만 들면 금방 모습을 드러냅니다. 문제는 쓰는 것이지요.

쓰는 것 자체에는 오랜 시간이 걸리지 않습니다. 인터뷰를 제외한 나머지 두 개의 글은 원고 분량이 2000자 안쪽이라 다섯 문단을 구성할 수 있으면 쓰는 것은 금방입니다. 여기서 잠시 글 쓰는 사람들을 크게 두 부류로 나눠보겠습니다. 생각하고 쓰는 사람과 쓰면서 생각하는 사람입니다. 물론 모든 사람이 칼같이 둘 중 하나에 속하는 건 아니고 누구나 둘 사이를 오가면서 글을 쓰는데요, 대체적인 경향성은 있는 듯합니다. 저는 후자에 조금 더 가깝습니다. 일단 쓰기 시작하고 쓰면서 전체 구조를 짜나갑니다. 쓰고 있는 문장과 전체 구조를 동시에 생각합니다. 그러니까 뜨개질과 좀 비슷합니다. 높은 밀도를 요구하는 주제의 글을 쓸 때는 시간이 허락하는 한 충분히 밀도를 높여갑니다.

글을 쓸 때 도취라는 함정에 빠지지 않으려고 노력합니다. 정기 연재의 성공은 얼마나 건강한 상태로 같은 일을 반복할 수 있느냐에 달려 있습니다. 술에 취한 예술가나 고독에 잠긴 현대인은 정기 연재를 할 게 아니라 문학을 해야 할 것이고, 실은 문학에서조차 술과 마약의 환상은 이미 깨졌습니다. 휘청이는 감성이 아니라 마감을 할 수 있는 건강이 필요합니다. 그럼 이 휘청이는 감성은 어떻게 하냐고요? 그 이야기를 해보겠습니다.

책 마감의 역사

환영합니다. 저는 지금까지 단독 저서 3권과 공저 2권을 썼고, 곧이어 출간될 단독 저서 1권을 출간 준비 중이며, 그 뒤로 몇 권의 책이 계약되어 있는 작가 김겨울입니다(이 책이 나왔을 즈음엔 출간되었을지도 모르겠습니다). 타임 터너, 아시죠? 돌려보겠습니다. 이번에는 좀더 큰 시간 단위로 살펴볼 것입니다.

저는 지금까지 혼자 규칙적이고 성실하게 일하는 새 시대의 일꾼 같은 모습을 하고 이런저런 이야기를 해왔습니다. 이마에 흰 띠라도 두르고 있을 것 같네요. 거기엔 '성실' '건강' 따위의 단어가 적혀 있을 것만 같습니다. 하지만 이 모든 게 그런 돌쇠 같은 무던함에서 나왔던 것은 아닙니다. 절대로, 절대로 아니라고 장담할 수 있습니다.

저는 종종 휘청입니다. 저에게는 포기되지 않는 상실이 있습니다. 저는 세상을 비뚜름한 눈으로 바라보고, 눈에 보이는 것 이상의 세계를 희구합니다. 저는 주저앉아 웁니다. 말할 수 없는 것에 대하여 씁니다. 울음 사이에 떠도는 공기에서 단어를 가져와 글을 씁니다. 저에게는 도달하고자 하는 세계가 있고, 그 세계는 부유하는 탐조등처럼 제 쪽을 아주 가끔 비춥니다. 환상처럼 나타나는 그 세계를 등대 삼아 더듬더듬 나아갑니다. 저는 아주 오랫동안 이 방황을 계속해왔습니다.

글을 사랑하지 않았다면 아무것도 시작할 수 없었을 것입니다. 글을 사랑하지 않았다면 저의 유구한 게으름과 한량 같은 태도와 모든 것을 귀찮아하는 성질을 규율과 성실로 덮어쓸 수 없었을 것입니다. 저는 읽고 쓰는 것을 너무 사랑해서 저를 바꿨습니다. 필요하다면 저는 저를 몇 번이고 바꿀 준비가 되어 있습니다.

이렇게 이야기하니 저의 그 강렬한 사랑이 부러우신가요? 그런 사랑을 가질 수 있는 것은 행운이라고 말하고 싶으실지도 모르겠습니다. 맞습니다. 저는 무언가를 강렬히 원하고 사랑하는 행운을 얻었습니다. 비록 이 사랑이 완전한 형태로 실현될 가능성은 매우 낮고(어쨌든 인간의 언어란 불완전하니까요), 이 사랑이 어떤 면에서는 강렬한 상실과 결핍에서 비롯되었다고 할지라도, 어떤 면에서 저는 확실한 행운아입니다. 그 결핍마저 누군가는 부러워하리라는 걸 알고 있습니다. 글을 위해 바친 저의 '쓸모없는' 시간들도, 멀리서 들려오던 사람들의 수군거림과 내 안에서 들려오던 자책도 마찬가지겠습니다.

그건 실은 결과론적인 부러움일지도 모릅니다. 제가 젊은 나이에 이미 책을 여러 권 썼고 쓰고 있으며 앞으로도 쓰리라는 사실은 가끔 저에게 생경하게 느껴집니다. 저도 이렇게 될 줄 몰랐거든요. 글을 쓰면서 굶지 않기 위한 길이 막막했던, 죽기 전에 책 한 권 내는 게 소원이었던 20대의 김겨울이 지금의 저를 본다면 놀라 자빠질 것입니다. 너는 스물여덟 살에 첫 책을 낼 것이고 서른이 되었을 즈음엔 저자 자리에 네 이름이 쓰여 있는 책이 6권이 넘어갈 것이라고 말해주면 아마 두 번 놀랄 텐데, 벌써 책을 쓰냐고 놀라고, 벌써 그렇게 많이 썼냐고 놀랄 것입니다.

이 정도면 제법 빠른 속도지요. 어떻게 이게 가능했냐면, 역시 시간표입니다. 책 전체의 얼개를 구상한 뒤에는 마감에 맞춰 써야 할 장을 나누고, 그걸 다시 달력에 배치합니다. 책에 따라 배치하는 스타일이 달라지는데, 기계적으로 쓸 수 있는 책은 다른 일을 병행하며 매일 3시간씩 쓸 수 있으니 빈 곳마다 막무가내로 배치해도 되지만 그것보다 집중력을 필요로 하는 책을 쓸 땐 되도록 아무런 스케줄도 없는 날을 선호합니다. 유튜브 촬영이 있거나 다른 원고 마감이 있는 날에는 진이 빠져요. 아무런 일정도 없는 날, 밖에 나갈 필요가 없는 날을 골라 이렇게 적어둡니다. '▪책 원고 쓰기'. 저는 요새 아이패드로 책을 쓰는데, 책을 쓰는 날에는 컴퓨터를 켜지 않습니다. 직업 정신으로 틀어두는 유튜브도 틀지 않고, 좋아하는 음악도 팟캐스트도 듣지 않고, 완전한 고요 속에서 하루를 보냅니다. 소셜미디어도 거의 접속하지 않습니다. 평소에는 재미있는 영상을 보며 먹을 밥도 이런 날엔 책을 보면서 먹습니다.

이건 글쓰기에 진입하기 위한 준비이기도 하고, 소음을 견디지 못하는 제 성정의 발로이기도 합니다. 글을 쓸 때 음악을 틀어두면 집중이 잘 안 됩니다. 가사가 없는 클래식 음악만 듣는 편이지만 음악의 계이름이 말소리로 들려서 글을 쓸 때 아주 성가십니다. 스마트폰의 많은 앱 역시 집중력을 떨어뜨리는 소음으로 느껴집니다. 저에게는 글의 리듬과 소리가 매우 중요하기 때문에 밖에서 들려오는 소리를 세심하게 조절하려고 합니다.

정기 연재 원고는 이렇게 쓰지 않습니다. 비교적 캐주얼한 상황에서 쓰고, 음악이나 유튜브 같은 배경 소음을 틀어둘 때도 가끔 있습니다. 책을 쓸 때 유독 조심하는 이유는 제가 책에 조금은 더 진지하고 문학적인 표현들을 쓰기 때문입니다. 말하자면 저는 책에서 저의 휘청이는 감성을 정제되고 절제된 방식으로 표현하는데, 거기에 훨씬 더 많은 집중력이 요구되기 때문입니다. 제가 썼던 책 중에서도 특히 『활자 안에서 유영하기』의 글이나, 공저로 참여한 『여전히 연필을 씁니다』의 글, 그리고 지금 마감 중인 『책의 말들』의 글은 이런 고요와 집중을 거쳐 간신히 모습을 드러낸 것입니다. 특히 뒤의 두 글에는 제가 시를 쓸 때 가동시키는 어떤 엔진을 쓴 부분이 있습니다. 물론 쓰고 나면 늘 아쉽고, 내 안에서 나오는 이야기를 기다리느라 마감을 몇 번이나 미룬 책도 있었지만요.

규칙과 성실과 건강을 외치는 새 시대의 일꾼도 저이고, 고요한 집에서 머리를 싸매고 문장을 찾아 헤매는 것도 저입니다. 저는 일마다 스위치를 바꿔 누르면서 많은 양의 일을 처리합니다. 혼자 일하는 게 이런 면에서는 아주 좋답니다. 누군가의 결재를 기다릴 필요가 없고, 완전히 다른 일들을 바꿔가며 할 수 있는 데다, 제가 원하는 만큼 까탈스럽게 환경을 구성할 수도 있으니까요. 1000권이 넘는 책이 꽂힌 책장과 공부하기에 완벽한 환경을 갖춘 책상 말고 제가 어딜 갈 수 있겠어요?

라디오 진행의 이해

여전히 환영합니다. 저는 MBC 〈라디오 북클럽 김겨울입니다〉를 진행하고 있는 라디오 DJ 김겨울입니다. 앗, 우리에게 남은 시간이 많지 않군요. 이 코스는 빠르게 끝내겠습니다. 저는 일주일에 한 번 방송되는 라디오 프로그램의 진행자입니다. 이 프로그램은 제목에서도 드러나듯이 책을 다루기 때문에 그날 살펴볼 책을 읽어가야 합니다. 저와 게스트가 돌아가면서 책을 고르는 코너가 있는데, 제가 고르는 책은 읽은 책으로 선정하는 게 편하지만 왜인지 고르다보면 아직 읽지 않은 책을 고르게 되는 경향이 있습니다. 라디오를 핑계로 읽고 싶은 책을 당당하게(?) 읽을 수 있으니까요. 제가 고른 책과 게스트가 고른 책을 읽고, 낭독할 부분을 정해서 작가님께 보내고, 프로그램의 말미에 들려드릴 문장을 고르는 것이 저에게 주어진 과제입니다. 보통 라디오 녹음 이틀 전에 '▪라디오 책 읽기'라고 써둡니다. 그날 읽기 시작하는 건 아니고, 그 전부터 조금씩 읽어서 적어도 그날에는 끝내겠다는 표시입니다.

그러니까 제가 읽어야 할 책들은 이렇습니다. 유튜브에서 리뷰할 책, 라디오에서 다룰 책, 책을 쓸 때 필요한 책. 여기에 제가 읽고 싶은 책들까지 더하면 제가 읽는 책의 목록이 완성됩니다. 버스에서도 읽고 지하철에서도 읽고, 책상에서도 읽고 침대에서도 읽고, 미용실에서도 읽고 엘리베이터에서도 읽습니다. 이렇게 읽고 있는데도 왠지 부족한 느낌이 드는 건, 역시 제가 읽고 싶은 책만 마음껏 읽을 수는 없어서인 것 같습니다. 일 때문에 읽는 책을 우선적으로 읽고 남는 시간에 읽으니까요. 그렇다고 일로 읽는 책을 싫어하거나 하는 것은 전혀 아니고, 오히려 그 덕분에 제가 하는 일을 즐거운 마음으로 지속할 수 있지만, 공부하려고 사둔 철학책들을 펼쳐볼 시간이 전혀 나지 않을 때엔 마음이 좀 허전해집니다.

아참, 책을 읽을 때도 음악이나 팟캐스트는 듣지 않습니다. 글 쓸 때와 마찬가지 이유로 집중이 잘 안 됩니다. 소리가 겹쳐서 들린달까요. 글을 쓰면서 동시에 전체 구조를 짜나가는 것처럼 읽을 때도 읽는 동시에 책 전체의 상을 머릿속으로 짜나가는 편이라 집중할 필요가 있습니다.

지금 제 머릿속에는 내일 올라갈 유튜브 영상과, 다음 주 유튜브 영상, 다음 주 유튜브 촬영, 이번 주 일요일 마감 원고, 요새 읽고 있는 책 네 권, 어제 주문한 책의 목록과 다음 달 첫 주에 올라갈 영상 기획, 내일의 인터뷰, 다음 주의 강연, 마감 중인 책, 공부 중인 독일어 학습지와 오늘 배운 피아노 레슨의 내용이 각자의 자리를 차지하고 있습니다. 이제는 우리의 타임 리프를 마무리할 시간이 왔습니다.

종합 프리랜서 이론

환영합니다. 저는…… 김겨울입니다. 여러 번의 타임 리프는 어떠셨나요? 혼란스러웠나요? 즐거우셨나요? 왜인지 읽는 것만으로 지치셨을 것도 같습니다. 실은 이외에도 많은 일을 해야 합니다. 이를테면 강연을 한다든지, 강연 자료를 준비한다든지, 이메일 답장을 한다든지, 세무 처리를 한다든지, 인터뷰를 한다든지, 자료 조사를 한다든지, 이런저런 연락에 답한다든지 하는 일들입니다.

　그러니 만약 저에게 전화를 거신다면 십중팔구 저는 쓰고 있거나, 읽고 있거나, 촬영하고 있거나, 이메일 답장을 하고 있거나, 강연 자료를 만들고 있거나, 영상 스크립트를 쓰고 있을 것입니다. 여유롭게 인생을 즐기거나 하루 종일 뒹구는 일은 저에게 자주 일어나진 않습니다(실제로 제 가장 친한 친구가 저에게 전화를 걸어서 하는 첫인사는 "일하냐?"입니다). 친구를 자주 만나는 편도 아닙니다. 아침에 일어나서 일하고, 밥 먹고, 일하고, 밥 먹고, 일하고, 잠시 쉬고, 자는, 놀라울 정도로 단조로운 날들을 보내고 있습니다. 구체적으로는 이런 식입니다. 기상-이메일 답장-점심 식사-영상 편집본 확인-영상 촬영-책 읽기-저녁 식사-책 쓰기-휴식-취침. 매일 구체적으로 할 일은 조금씩 달라지지만 강연이나 라디오 녹음, 피아노 레슨, 클래식 공연, 운동을 다녀오는 시간 등을 제외하면 패턴은 거의 깨지지 않습니다.

어쩌면 너무 열심히 살고 있는지도 모르겠습니다. 제가 삶을 충분히 즐기지 못한다고 생각하실지도 모르겠습니다. 하지만 읽고 쓰는 삶을 꿈꿨던 사람에게 지금의 삶은 그 자체로 제법 즐길 만한 것입니다. 저에게는 늘 간결한 삶에 대한 소망이 있었거든요. 평생 하나에 헌신하는 구도자적인 삶이 제가 꿈꿔왔고 지금도 꿈꾸고 있는 삶입니다. 그런 삶이 가능하려면 자신의 중심 가치를 기준으로 다른 요소를 줄여나가는 과정이 필요합니다. 삶을 줄이고 줄였을 때 제가 최후까지 남기고 싶은 것은, 제가 도달하고 싶은 모든 아름다운 추상성의 세계를 담보하는 책과 음악입니다. 지금은 일하는 사이클만 간결하게 만들어나가고 있지만 앞으로는 일의 종류도 점차 줄여나가면서 더욱 단순한 방향으로 삶을 집중해나가고 싶다는 소망이 있습니다.

어쩌면 혼자 일하는 프리랜서는 기본적으로 단순함이나 우아함과 거리가 멀 수밖에 없는지도 모르겠습니다. 그건 선택받은 몇몇 프리랜서만 가능한 일인지도 모릅니다. 이메일로 들어오는 수많은 제안을 받아들이고, 거절하고, 사례비를 논의하고, 부당한 일을 당하고, 분노하고……. 고고하고 여유로워 보이는 프리랜서들조차 실은 부지런히 이런 일들을 해내고 있습니다. 욱신거리는 허리를 붙잡고 생존을 위해 운동하러 가는 동료들의 소식도 심심찮게 들려옵니다. 잊을 만하면 번아웃의 위기에 빠지고 슬럼프를 겪는 것 역시 흔한 일입니다. 그럼에도 불구하고 고단한 자기 규율까지 만들어가며 이 삶을 지속할 수 있는 이유는 이 삶이 나에게 적합한 형태의 삶임을 알기 때문일 것입니다. 삶을 직접 조직하고 이끌어나가는 감각을 소중하게 여기는 사람은 혼자 일하는 시간을 두려워하지 않습니다. 그래서 그들은 고독과 고립 속에서도 온전한 충만감의 조각 같은 것들을 발견하고야 마는 것입니다.

파비앙,
내가 보이니?

시   김
인   개
      미

아침마다 옥상에 올라가 하늘을 본다. 구름이 좋다. 나는 세상에서 가장 많은 시간을 가진 자, 느릿느릿 빨래를 널면서 색깔이 변하기 시작하는 은행나무를 구경한다. 눈을 감고 바람을 맞는다. 옥상은 마스크를 하지 않고 갈 수 있는 유일한 장소다. 어릴 때 생각이 난다. 학교 가려고 밖에 나오면 부리망을 한 소가 마당에 있었다. 소는 부리망 사이로 투명하고 긴 침을 흘리고 있었다. 요즘 마스크를 하고 집을 나설 때면 그 소가 생각난다. 인간, 그리고 소와 개가 길을 나서거나 일을 할 때 입을 가린다. 나는 소처럼 큰일을 하지도 않으면서 소보다 더 불편해한다. 투명하고 작은 나의 애인 파비앙에게 말한다. 나는 작은 소야.

　오랜만에 만난 사람들이 나를 보고 하는 첫인사는 "아직도 시 쓰니?"다. 그들의 기대와 달리 나는 15년째 시를 쓰고 있다. 더 집중해서 쓰려고 8년 전에는 생업을 접었다. 그런 결단은 8년 전이 니까 가능했다. 그건 젊어서나(?) 할 수 있는 용감무식한 결단이니 까. 굉장한 자기 확신이 있어야 하고, 그것은 젊을수록 강하다. 젊 을 때는 자기에게 더 많은 가능성이 있다고 믿으며, 자기 자신에게 도 아직 실망을 덜 했기 때문이다. 창작자라면 기본적으로 자기 재능과 자기 통제에 대한 확신을 갖지만, 동시에 끝없이 의심한다. 지금의 나라면 직장을 그만두지 못할 것 같다. 지금의 나는 덜 무 모하고 더 조심한다.

　그때나 지금이나 나는 재능에 대한 확신보다는 자기 통제에 대 한 확신이 더 크다. 나를 아는 사람들은 내가 부지런하다고 알고 있는데, 그건 사실이 아니다. 나는 늘 최소한의 일만을 한다. 그런 데 그 최소한의 일을 빨리 한다. 빨리 끝내고 쉬고 싶어서다. 학교 다닐 때도 그랬다. 매번 숙제를 빨리 해서 친구들이 내 공책을 보 고 베꼈다. 나는 일찌감치 누워서 속으로 이렇게 떠벌리는 인간이 었다. 머리가 있는 인간이라면 최소의 노력으로 최대의 결과를 내 야 하는 거야. 근데 그게 나야.

　뼛속까지 게으름뱅이인 내가 사람들을 만나 자극받지 않고도 오롯이 혼자 일을 할 수 있다고 확신하는 이유는 은둔적 성향 때 문이다. 나는 혼자 오래 있어도 미치지 않는다. 집에 있는 게 좋다. 용무가 있지 않고서는 집 밖으로 나가지 않는다. 두루두루 만나고 밖에서 지내는 시간이 많을수록 활동적, 더 나아가 선善이라 여겨지던 시절이 있었다. 그런데 그때도 나는 진짜 꼭 만나야 하는 사람인가, 만나면 즐거울까 등을 따졌다. 죄책감이 많았다. 나는 확실히 부적응자였다. 그런데 요즘 같은 때에는 나 같은 사람이 유리하다. 안 만나는 게 선善이니까. 지금 나는 적응자다. 하던 대로 하면 된다.

어떤 선배 시인이 이런 말을 했다. 사람들이 너 좋아해. 왜 좋아하는지 아니? 네가 안 나타나서 좋아해. 눈에 안 보여서. 그날 나는 그 선배 시인에게 이런 말을 해주었다. 저는 4명 이상 모이는 자리는 싫어요. 우르르 몰려다니는 거 별로예요. 4명 이상 모이면 불편하잖아요. 식당이나 카페 같은 데 가서 식탁 붙이고 의자 끌어오기도 귀찮고. 택시도 나눠 타야 하잖아요. 선배 시인이 담배를 피우러 나간 사이 나는 투명한 파비앙의 이마에 이마를 맞대고 속삭였다. 그런데 내가 안 나타나서 좋다고 말하는 그 사람들은 다 나타난 사람들 아니야?

사실 사람들은 만남이 꼭 필요해서 갖는 건 아니다. 꼭 필요한 만남도 있겠지만, 대부분의 만남은 별 목적이 없다. 그런데 나는 외로운 것보다 불편한 게 더 무섭다. 친한 사람 말고는 낯을 많이 가린다. 나는 나를 '능동형 외톨이'라 부른다. 능동형 외톨이는 글을 쓰며 살기 적합하다. 능동형 외톨이가 되면 좋은 점은, 외톨이가 될 확률이 없어진다는 것이다. 이미 외톨이니까 외톨이가 될까 봐 전전긍긍하지 않아도 된다. 더 이상 외톨이는 극복해야 하는 문제 상황이 아니다. 조만간 '은둔형 외톨이'같이 부정적인 외톨이 말고 긍정적 의미를 가진 다양한 외톨이들이 생겨날 거라 믿는다. 어떤 외톨이가 됐든 긍정적 의미를 가진 외톨이가 되려면 외로움을 견디는 능력이 있어야 한다. 다른 예술 장르와 마찬가지로 시도 재능과 함께 외로움을 견디는 능력이 있는 자에게만 잠깐 머문다. 결국 나에게 친구는 나뿐인 건가. 분명한 건, 혼자서는 경쟁할 수 없지만, 혼자 있으면 경쟁력이 생긴다. 글을 쓰는 자는 모이면 소문을 만들 확률이 크고, 흩어지면 글을 쓸 확률이 크다.

내가 여기 있다는 것을 아무도 모른다
안다면 꼴등이
안다면 바람
안다면 소문

내가 보는 것이 무엇인지 아무도 모른다
안다면 그림자
안다면 창문
안다면 밤

내가 생각하는 것을 누구도 방해하지 않는다
나는 고아
나는 외톨이
나는 어린애

어느 날 갑자기 폐가 쪼그라들고
심장이 최후의 춤을 추고 멈춰도
나를 발견하는 이는 없다
있다면 유령
있다면 눈 감은 나
있다면 나와 비슷한 일인용 인간

내가 앞으로 어떻게 될지 아무도 모른다
안다면 아직 발명되지 않은 신
안다면 없을지도 모르는 내일의 나
안다면 아직은 다른 곳에 있는 벌레

내가 되지 못한 것은 멀리서도 선명하게 빛난다
그것은 소수의 눈에만 보이는 천재 시인
그것은 불멸의 색을 독점한 화가

그것은 자세만으로 할 말을 다 하는 배우

내가 여기 있다는 것을 아무도 모른다

그래서 나는 실패다

그래서 나는 자유다

그래서 나는 성공이다

ㅡ「단독자」 전문, 『악마는 어디서 게으름을 피우는가』(걷는사람, 2020)

「단독자」는 지금 그대로의 나다. 나는 자유롭고 외롭다. 내면에 집중하고 거기서 들려오는 소리를 소재로 시를 쓴다. 생활은 단조롭고 생각은 단순하다. 이 상태를 유지하려고 엄청 노력한다. 심리적 항상성을 유지해야 시를 쓸 수 있다. 가끔 멀고 추운 우주 한가운데에 떠 있는 것처럼 외로움이 복받치는 날도 있다. 그래서 정신력과 건강이 절대적으로 중요하다. 모든 것을 혼자 고민하고 판단하고 행동해야 하기 때문에 강해야 하고 동시에 유연해야 한다. 외진 곳에서 혼자 시를 쓰며 사는 일은 수행과도 같다.

나는 문학과 관련된 어떠한 단체나 동아리에도 가입하지 않았다. 그런 것에 소속되어 있으면 더러 재미있는 일도 생기겠지만, 원치 않는 때에 시간을 요구당할 것이다. 사교적이지 않은 나에게는 스트레스가 될 것이 분명하다. 대신 나는 꾸준한 산책으로 햇빛을 쬐고, 자전거를 오래 타며 바람을 쐰다. 우울감에 빠지거나 위축되지 않도록 각별히 신경 쓴다. 우울에 대한 시조차 우울한 상태에서는 쓸 수 없다. 그러므로 최선을 다해 고요하고 즐겁게 지낸다. 의지와 상관없이 터지는 돌발 상황 앞에서는 신속히 이성적 인간이 되어 상황을 객관화해서 본다. 내가 나에게 쏟는 시간과 노력은 나를 배신하지 않는다.

이완된 상태를 유지하기 위한 긴장 말고는 긴장은 독이다. 사소한 일로 스트레스를 받지 않도록 일상을 느긋하게 꾸린다. 식사 준비도 느리고 간단하게 한다. 과정이 복잡하고 맛있는 요리는 식당에 가서 언제든지 먹을 수 있기 때문에 굳이 내가 요리사가 될 필요는 없다. 청소는 자주 조금씩 한다. 먼지를 닦고 환기를 시키면서 로봇처럼 아무 생각도 안 한다. 그리고 종종 김종민, 강남이 나오는 예능을 본다. 김종민은 말귀를 못 알아듣는 걸로 유명한데, 나를 금방 무장 해제시킨다. 내게 어떤 생각도 심어주지 않는다. 최근 어떤 예능에서 본 강남의 '미키론'이 재미있다. 강남에 의하면, 미키는 전 세계에 딱 하나뿐이란다. 그래서 미키가 미국에 있을 때, 미키는 다른 나라에는 없단다. 그래서 미키는 스케줄 관리를 잘 해야 한단다. 그럼에도 미키가 다른 나라에서도 퍼레이드를 하는 건 마법의 힘 때문이란다. 마법의 힘으로 순간이동을 한다는 것. 그러나 그때도 미키는 전 세계에 딱 하나뿐이란다. 그리고 미키는 진짜 미키란다. 미키탈 안에 사람이 있는 게 아니란다. 그래서 미키탈을 벗으면 아무것도 없단다. 왜냐하면 미키는 미키이기 때문에, 미키탈은 미키와 붙어 있는 거란다. 미키탈은 벗을 수 있는 게 아니란다. 천진한 상상력이 좋지 않은가 말이다.

내가 서둘러 하는 일은 오직 글이다. 무언가가 떠오르면 1초도 미루지 않는다. 글은 휘발성이 강해서 나중에 쓰려고 하면 생각조차 안 난다. 메모를 해두어도 소용이 없다. 나중은 글자 그대로 나중일 뿐, 그 당시의 에너지와 감성의 결을 가진 내가 아니다. 그것이 무엇이든 한 가지를 쓸 기회는 한 번뿐이다. 시는 후하지 않다. 나를 택했을지언정, 나를 사랑하지는 않는다.

혼자 있으면 시간이 많지만, 시간을 잃지 않도록 주의해야 한다. 즉, 혼자 있지만 진짜로 혼자 있어야 한다. 텔레비전, 인터넷, 휴대전화를 멀리해야 한다. 책도 조심해야 한다. 책을 너무 좋아해서 온통 책만 읽는 것도 시간을 잃는 좋은 예다. 그것이 무엇이든 지나치게 빠져들면 도박과 다를 바가 없다. 생각을 강탈당한다. 시간을 잃지 않고 상상을 자주 하기 위해서는 최소한의 루틴이 있어야 한다. 당연히 잘 지킬 수 있어야 한다. 다행히 나는 아무것도 안 하는 걸 잘한다. 그래서 아무것도 안 하는 시간을 엄청나게 배정한다.

나는 시에 인격이 있는 것처럼 생각한다. 친구보다는 가깝고 애인보다는 먼, 쌍둥이 동생 정도로 설정해놓는다. 그래서 나의 시는 거의 나지만 정확히 나는 아니고, 나의 분신이지만 나에게서 독립된 무엇이다. 나는 스스로를 혹사하지 않도록 격일제 근무를 한다. 이틀에 한 번은 꼭 쉰다. 쌍둥이 동생하고 같이 오래 지내려면 마주치지 않는 날이 꼭 필요하다. 이틀에 한 번씩은 어떠한 노력도 하지 않는다. 오직 논다. 시에서 최대한 멀리 떨어져 있는다. 일하는 날보다 훨씬 중요하게 생각하는 이날의 이름은 '안식일'이다.

그렇게 논 다음 날은 '노동일'이다. 시에 최대한 다가가보는 날이다. 뭐라도 떠올리고 상상하고 갖고 놀아본다. 시집도 읽어보고 전에 해놓은 메모도 뒤적인다. 그러나 끝내 시를 얻지 못하면 그걸로 괜찮다. 노동일의 목표는 결과물을 얻는 게 아니고, 결과물을 얻기 위해 끙끙거리는 것 자체. 그래서 노동일은 거의 성공적으로 실패한다. 노동의 결과는 며칠 후나 몇 달 후가 될 때가 많고, 안식의 결과로도 얻는다. 혹사한다고 좋은 결과를 얻는 것은 아니다. 인간인 이상 운이 좋은 날은 어쩌다 온다.

아침 일찍 일어나 쓰는 걸 좋아한다. 아직 머리에 생각이 많이 고이지 않았으니 무의식이 더 작용하지 않을까. 감각기관이 피로감을 느끼기 전이니 시 쓰는 감각도 더 예리하지 않을까. 아직 생물체일 뿐 나란 인간이 완성되기 전의 나로 시를 쓰고 싶다. 또한 아침에 무얼 해놓으면 낮에 무얼 해야 한다는 강박이 사라져 생각 지도 않은 좋은 것을 쓸 수도 있다. 의식 수준보다 더 낮고 깊고 근 원적인 곳에서 온 세계를 그리고 싶다. 자기 전에 몇 편의 시를 읽 는 것을 좋아한다. 잠자는 나, 무의식의 나를 자극하고 싶어서다.

　시가 완성되는 것은 언제나 미스터리다. 매번 어떻게 시를 썼는 지 모르겠다. 나는 시를 쓰는 그 순간에만 그 방법을 안다. 그래서 매번 시는 처음 대하는 장르다. 매번 어떻게 하는 건지 모른 채 시 작한다. 말할 수 있는 건 혼돈뿐인 머릿속에 눈이 하나 생기는데, 그 눈이 갑자기 매직아이 세계에서 분명하게 존재하는 그림을 본 다. 그 그림을 언어로 변환한 것이 시다. 머릿속의 눈이 어떻게 갑 자기 혼돈 속에서 그림을 보게 되는지 그 기전은 알 수 없다. 그림 이 숨어 있을 만한 혼돈 근처로 자꾸 가보는 수밖에.

　나는 시와 동시를 쓴다. 시와 동시는 다른 장르가 아니다. 시도 시고 동시도 시다. 다르다면 작품에 몰입할 때의 모드인데, 그것을 아는 것은 본능이다. 두 모드의 간극은 빵집 앞에서 나는 빵 냄새 와 숯불구이집 앞에서 나는 고기 냄새만큼 다르다. 그러므로 어 떤 소재를 가지고 시를 쓸지 동시를 쓸지는 사고가 아니라 감각세 포 수준에서 결정된다. 다만 노력과 정성과 시간을 들이면 인위적 으로 모드를 조절할 수 있다. 그러나 시가 잘 되는 모드에서도 더러 동시가 튀어나오고, 동시가 잘 되는 모드에 있어도 더러 시가 튀어나온다. 시와 동시를 함께 쓰는 것은 결국 이 모드 전환을 계속하는 일이다.

　나의 경우 시와 동시 두 장르를 다 하는 것은 재능이 많아서가 아니다. 그 반대다. 나는 한 가지 장르를 꾸준히 할 수 있는 인내심이 없다. 한 가지 모드에 계속 머물러 있는 것을 참지 못한다. 이건 병이 아니라서 치료할 수 없고, 망가진 게 아니라서 고칠 수 없다. 나는 싫증을 잘 내는 인간이다. 지겨워 못 견디는 인간이다. 줄기차게 시를 쓸 수 없는 인간이고, 줄기차게 동시를 쓸 수 없는 인간이다. 시를 썼다 동시를 썼다 할 수밖에.

　　어렸을 때
　　할아버지 라디오 속에는
　　난쟁이들이 살았어

　　어느 날
　　라디오를 뜯으니까
　　난쟁이들이 나왔어

　　창문을 열고 나가더니

다시는

돌아오지 않더라

-「삼촌 이야기」 전문, 『커다란 빵 생각』(문학동네, 2016)

시로 내면의 소리를 듣는 작업을 한다면, 동시로는 난쟁이가 사라진 라디오에 난쟁이를 복원하는 작업을 하고 있다. 내게 라디오에 난쟁이가 있는 세계란 보여주는 대로 보지 않는 세계, 보고 싶은 세계를 만들어가는 세계다. 시를 쓸 때 '거짓 없는 나'의 모습을 최대로 드러내는 반면, 동시를 쓸 때는 '천진한 나'의 모습을 최대로 드러낸다. 나는 어느 한 가지도 놓치고 싶지 않다.

간혹 강연 요청이 오긴 한다. 처음 강연 요청을 받았을 때는 신기하고 떨리고 좋았다. 나 같은 사람이? 강연을? 와, 어떻게 이런 일이! 내가 하는 강연은 소박하다. 나는 아는 것도 별로 없고 웃기는 재주도 없고 멋진 말도 모른다. 그래서 같이 시를 낭독하고 시에 대해 진솔하게 이야기를 나눈다. 그런데 그런 만남도 횟수를 조절한다. 월 3회 이상의 만남은 갖지 않는 것을 원칙으로 한다. 창작에 몰입할 에너지를 남겨두기 위해서다. 최근 한 언론사 문화센터 정기 강좌 요청도 있었으나, 거절할 수밖에 없었다.

나는 사람들이 내 시보다 나라는 인간에 대해 많이 아는 것을 원치 않는다. 창작자에 대한 궁금증이나 호기심도 독서의 즐거움이다. 창작자가 자주 얼굴을 보이고 다니는 것도 작품에는 좋지 않은 듯하다. 모든 만남은 정성과 에너지를 필요로 한다. 나는 나의 에너지를 창작에 더 많이 쏟아붓고 싶다. 시인인 내게 시집보다 더 효과적인 소통의 도구는 없다. 시집에는 내 정신과 영혼이 고스란히 들어 있다. 나보다는 내가 쓴 시가 사람들과 작용하길 원한다. 나는 내 시가 독자가 알 것 같은 시가 아니라, 독자를 아는 것 같은 시이기를 바란다. 퀸의 노래가 그러하듯이. 파비앙이 겨드랑이에 볼을 비비며 빈정댄다. 이봐, 사람도 안 만나고 무슨 글을 쓸 수 있어? 파비앙, 여기선 창작자로서의 만남을 말하는 거잖아. 한 인간으로서 나는 언제든지 이웃과 친구와 가족을 만나.

내가 가장 많이 보는 책은 당연히 시집이다. 나는 오로지 독자로서 읽고 감상한다. 충분한 시간을 가지고 몰입하며 즐거워한다. 나는 경제적인 인간이므로 시간을 들여 읽으면서 단점만 수집하는 바보짓은 하지 않는다. 보통의 독자로서 풍요로운 수확을 추구하며, 좋은 오락거리로서 재미를 많이 발견하려 한다. 작품 감상에 대한 이러한 태도는 영화나 그림, 소설 등 다른 분야에서도 마찬가지다. 좋은 작품들만 보는 비결이다. 이런 자세는 창작을 할 때 제한을 없애나가는 데도 도움이 된다. 단점에 집중하는 독서는 재미도 없지만, 창작을 할 때 자신에게 금기나 제한을 두게 되는 결과를 가져온다. 그러면 당연히 할 수 있는 것이 없어진다. 별로인 것을 별로로 아는 독서보다 좋은 걸 좋은 걸로 아는 독서가 영리한 독서다.

창작을 하는 누구나 봉착하는 문제는 변화다. 지금까지 써왔던 것들과 앞으로 써나갈 것들을 어떻게 차별화시킬 것인가. 창작자는 끊임없이 변화를 요구받을 뿐만 아니라, 스스로 변화에 대한 강박에 시달린다. 변화하지 않으면 버려질 것 같은 불안을 떨칠 수 없다. 그러나 새로운 것을 좋아하는 창작자라면 공포에 떨지 않아도 좋을 것 같다. 창작자는 자신의 작품에서 지겨움을 느낀다. 다행이다. 지겨움을 느끼는 순간 창작자는 변하기 시작한다. 창작자는 늘 자극을 기다리고, 수용할 것을 찾는다. 이때 자신을 믿어야 한다. 성급하게 작품을 변화시키려 하기보다 스스로가 다른 인간으로 변하기를 기다리는 게 중요하다. 생각이 변하면 다른 사람이 되고, 다른 사람이 되어야 다른 작품을 낳는다. 어제의 나로 돌아가려는 창작자는 없다.

올해는 시집 『악마는 어디서 게으름을 피우는가』(걷는사람, 2020)를 냈다. 처음으로 동시집 해설도 썼다. 비대면으로 독자들을 만나기도 했다. 가장 즐거웠던 것은 5인 공동 동시집 『미지의 아이』(문학동네, 2021)를 준비하는 과정이었다. 5명의 시인이 단톡방에서 의견을 교환하고 일상을 나눴다. 고민을 털어놓고 SOS를 보내기도 했다. 큰 위안이 되었다. 이 시기가 지나면, 전보다 더 행복해지리라. 어디든 마음대로 간다는 것, 좋아하는 곳으로 가서 밥을 먹거나 차를 마신다는 것, 이 사소한 것들의 소중함을 깨닫지 않은 날이 하루도 없었으니……

계속 시를 쓰겠다는 것 말고는 아직 정해놓은 일은 없다. 사실 시를 쓰겠다는 것은 이미 삶 그 자체여서 계획이랄 수도 없다. 나는 나를 어떤 사람으로도 규정하지 않으려 한다. 무엇이 다가올지 알 수 없다. 어디로 어떻게 가서 무엇으로 변할지 알 수 없다. 무엇을 시작할지 무엇을 그만둘지 알 수 없다. 무슨 일이 닥치든 당당하게 맞이하고 싶다. 나만이 나를 좌지우지하고 싶다. 파비앙, 내가 보이니? 잘 봐줘. 내가 길을 잃었을 때, 오늘의 나에 대해 말해줘.

내 안에 사는
다중이들이 물 만난
언택트 세상

김
광
혁

디
자
이
너

어느 날 며칠 밤을 새우면서 의뢰받은 로고 디자인을 하고 있었습니다. 저는 며칠 동안 제대로 씻지도 못하고 밥도 대충 먹으며 수염이 고슴도치처럼 자란 노숙인의 모습으로 책상에 앉아 로고의 글자 사이 간격을 0.25포인트씩 디테일하게 조절하고 있는데 내 안의 다중이 B가 툭 튀어나와 본캐 A에게 말을 건넵니다.

B: 하아~ 그거 그렇게 눈알 빠지게 작업해도 아무도 몰라. 작작 좀 해.

A: 아냐. 그래도 이렇게 해놔야 클라이언트가 오랫동안 제대로 쓸 수 있어.

B: 에이. 사람들은 모른다니까. 그냥 돈도 안 되는 건데 대충 해.

A: 돈은 둘째치고 내 눈에 거슬려……

B: 방망이 깎냐? 적당히 해. 잠 좀 자자.

C: 애니메이션 미뤄놨던 것 봐야 하는데……

D: 내일 뭐 먹지? 야식으로 만두나 좀 튀길까?

B: 대충 하고 좀 자라구! 내일 미팅 가서 졸 거야?

D: 그래서 만두는 몇 개나 튀겨? 한 10개면 되려나?

C: 이렇게 계속 봐야 할 영화, 애니메이션 밀리면 나중에 볼 게 너무 쌓이는데……

A: 아, 시끄러워. 다들 좀 꺼져!

이런 경험 있으신가요? 저는 이런 경험을 오랫동안 자주 하며 지냈습니다. 어찌 보면 다중인격이나 정신분열증 환자처럼 보일지 모르겠지만 신기하게도 이 다중이들은 제가 하는 일에 다양한 시각과 생각을 함께 고민하며 보태주었고 그중 일부는 디자이너 김광혁이 아닌 전혀 다른 모습으로 활동하며 돈을 벌고 각자 능력에 맞는 활동을 하고 있습니다. 작가, 문화해설가, 콘텐츠 기획자, 강연자 등등으로 말이죠. 한때는 이런 다중이들이 버겁고 힘들기도 했으나 어느 순간 그들을 인정하고 나니 저에겐 다양하게 생각을 전개하고 일할 기회가 생겼습니다.

올해 유독 눈에 띄는 유행 중 부캐(멀티 페르소나)라는 단어가 있습니다. 이 부캐라는 것은 기존의 자기 자신과 다른 나를 만들어 새로운 나로서 활동하는 것이지요. 대표적으로 「놀면 뭐하니?」의 유재석씨가 때론 트로트 가수 '유산슬'로, 때론 드럼 치는 '유고스타'로, 때론 닭 튀기는 '닭터유'로, 때론 3인조 혼성그룹 싹쓰리에서 '유두래곤'으로 활동하는 것입니다. 이런 유행은 현재 들불처럼 번져 래퍼 매드클라운이 핑크색 복면을 뒤집어쓰고 '마미손'으로 활동하거나 이효리씨가 '린다G'로 활동하고 박나래씨는 '조지나', 김신영씨는 '둘째 이모 김다비'로 활동하는 등 기존의 캐릭터를 버리고 새로운 캐릭터를 구축해 전과는 다른 활동을 하는 것을 볼 수 있습니다.

이런 부캐는 사실 어느 날 갑자기 유행한 게 아닙니다. 오래전 데이비드 보위는 지기 스타더스트라는 부캐로 활동하며 화성에서 온 외계인이라고 자칭했고 미국의 대표적인 SF, 호러 판타지 소설 작가인 스티븐 킹은 리처드 바크먼이란 비운의 작가를 창조해내 그럴싸한 족적을 남기기도 했습니다. 가까운 일본의 기바야시 신이란 작가는 『소년 탐정 김전일』을 그릴 때 아마기 세이마루였다가, 『도쿄 80』이란 만화 작가를 할 때는 안도 유마로 활동했고, 그 유명한 『신의 물방울』이란 작품을 할 때는 아기 다다시로 활동했습니다. 그는 이것 말고도 총 7개의 필명을 가졌고 각각 다른 스타일의 작품을 집필했습니다. 그 외에 『해리포터』 시리즈의 조앤 롤

링은 로버트 갤브레이스라는 이름으로 『더 쿠쿠스 콜링』을 집필했습니다. 많은 유명인이 다양한 방법으로 부캐를 활용해왔던 것이지요.

저는 많은 사람에게 디자이너로 알려져 있지만 사실 디자이너는 저를 대표하는 첫 번째 캐릭터일 뿐 실제 제가 하는 일은 글 쓰는 작가, 영화 및 영상 콘텐츠를 소개하는 문화해설가, 브랜드를 기획하고 만드는 기획자, 타로 카드를 가르치는 타로 마스터, 게임의 세계관을 창조하는 스토리 작가, 팟캐스트를 운영하는 프로듀서 등 다양합니다. 이런 활동은 제가 오로지 하나의 캐릭터를 이루고자 살아온 게 아니라 더 다양한 활동을 통해 제 안에 있는 다중이(부캐, 멀티 페르소나)들을 마음껏 뛰어놀게 한 결과인 것 같습니다.

이처럼 여러 활동을 하는 것이 가능하냐고 궁금해하실 분이 있을 것 같습니다. 보통 하나의 캐릭터로 하나의 일을 하는 것도 힘든데 다양한 일을 어떻게 소화하는가 하고 말이죠. 물론 쉬운 일은 아닙니다. 그럴 만한 계기가 있었습니다. 저는 크게 욕심 부렸다가 기존에 하던 사업을 말아먹은 적이 있습니다. 물론 제가 낸 욕심이 100퍼센트 제 잘못은 아니겠지만 사업이 망하는 덕분에 세상의 밑바닥부터 다시 경험하는 인생 리셋의 과정이 있었습니다. 한창 잘나가던 디자이너 겸 사업가가 하루아침에 쫄딱 망해서 앞으로 디자인계에 복귀할 수 없을 거라는 소문이 이어졌습니다. 불과 6년 전만 해도 라면 하나로 2주를 버티며 한밤중엔 대리운전을 하고 주말이면 시장에 좌판을 깔고 휴대전화 케이스와 디자인 소품을 팔았습니다. 와신상담臥薪嘗膽이란 것은 꿈도 꾸지 못했습니다. 그냥 하루하루를 근근이 버티는 삶이었지요. 어서 성공해서 복귀해야겠다는 마음도 갖기 힘들었습니다. 그 당시 저는 오랫동안 해온 디자인을 포기해야 하는 상황이었고 어떻게든 하루벌이를 해서 주린 배를 채워야 했으니까요. 하지만 그 과정을 겪으며 제가 깨달은 것은 저에게 다양한 캐릭터가 있고 그것들을 잘 살리면 더 다양한 일을 할 수 있다는 것이었습니다.

디자이너란 직업은 어찌 보면 디자이너 개인 스스로가 일에 있어 다양한 해결 방법을 제시하고 남들과 다른 눈에 띄는 결과를 보여주는 것입니다. 디자이너에 대한 환상이 엄청나게 높은 한국에서 디자이너로 산다는 것은 누구보다 독특한 스타일을 추구하며 누구보다 논리적이고 창의적인 아이디어를 매일 도출해야 하는 것입니다. 아마도 이 글을 읽는 여러분에게 '디자이너'의 모습을 상상해보라고 한다면 어떤 직업군보다 스타일리시하고 독특한 차림새로 지적인 모습을 보이며 독특한 구조의 우주선 같은 사무실에서 일하는 걸 상상하실 듯합니다. 대부분 영화와 TV 드라마가 잘못 보여준 환상 때문이겠지요.

실제 디자이너의 삶은 고달픕니다. 매번 시작하는 프로젝트마다 클라이언트의 요구에 어울리는 키워드를 도출해야 하고 거기에 맞는 디자인 시안을 위해 며칠 밤을 새우고 또 새우는 강행군이 이어집니다. 한 10년 정도 이 일을 지속하다보면 어딘가 하나씩 고장나기 시작합니다. 오랜 시간 마우스질로 팔목이 마비되는 터널증후근이 온다든가, 잘못된 자세로 일을 하다가 경추나 요추 디스크가 온다든가, 더 심각한 경우는 우울증이 온다든가 다른 지병이 생기는 것입니다. 돌아가신 아버지께서는 저에게 "너는 전생에 진짜 큰 죄를 짓거나 나라 하나는 팔아먹었나보다. 그게 아니면 고등학교 때부터 죽어라 그림 그리고 대학 들어가서는 졸업할 때까지 매일 밤새워서 과제 하고 졸업하고 나아지려나 했더니 또 매일 그렇게 명을 깎는 일을 할 리가 있냐?"라는 말을 하셨을 정도니 디자이너의 삶이 겉보기와 다르게 얼마나 고달픈지는 조금 짐작하시려나 모르겠습니다. 그럼에도 디자이너들은 고객의 기대치에 맞추어 매번 클라이언트를 만날 때면 멋진 척을 해야 합니다. 수면을 평화롭게 노니는 백조와 같습니다. 겉으로는 고고해 보일지 몰라도 물 밑으로는 죽어라 발을 굴려야 유지되는 삶입니다.

그렇다보니 끊임없이 버둥대며 어느 정도 인지도 있는 회사를 운영하다가 직원들이 하나둘 나가고 혼자 프리랜서로 일하는 순간이 왔을 때는 앞으로 어떻게 해야 할지 정말 막막했습니다. 앞서 이야기한 대리운전 기사, 주말 장사와 더불어 간간이 들어오는 디자인 일까지 병행해서 진행해야 하니 기존에 일하던 방식으로 는 절대로 진행하기 불가능한 것이었습니다. 낮에는 디자인을 하고 밤에는 묵묵히 대리운전을 하고 주말에는 넉살 좋은 장사꾼이 되어야 하니 혼자서 감당하기 쉽지 않았습니다. 근본적으로 기존에 일하던 방식을 뜯어고치지 않으면 여러 일을 한꺼번에 해나갈 수 없었습니다. 하고 있는 모든 일이 사람과 대면해야 하는 것이다 보니 체력 소모가 어마어마했습니다. 일하는 방식을 더 효율적으로 변화시키지 않으면 무엇 하나 제대로 해낼 수 없는 상황에까지 이르렀습니다.

다중이가 플랫폼을 만났을 때

저의 첫 체질 변화는 꼼꼼한 스케줄 정리에서부터 시작됐습니다. 보통 이런 스케줄은 디자인 회사를 운영하던 과거에는 수첩을 사용해 기록했지만 현재는 구글 캘린더에 꼼꼼하게 기록합니다. 미팅 시작 시간과 종료 시간을 비롯해 시안을 보내는 날짜와 최종 마감하는 날짜, 중요한 대소사와 개인적인 스케줄까지 말이죠. 다른 것이 아닌 구글 캘린더를 사용하는 이유는 데이터의 연동성 때문에 그렇습니다. 손으로 쓰는 노트나 데이터의 연동성이 약한 어플을 쓰게 되면 일하는 환경이 바뀔 때마다 데이터가 누락되거나 확인이 어려워집니다. 하지만 구글에서 제공하는 구글 캘린더는 아이폰부터 안드로이드폰까지 데이터 연동이 가능하고 알람 기능이 강력해서 꼼꼼하게 쓰면 쓸수록 스케줄을 관리하는 데 도움이 됩니다. 저는 밥 먹을 때 젓가락을 들고 그 젓가락이 어디 있는지 다시 찾는 중증의 건망증도 있는 모자란 인간이기 때문에 스케줄 관리가 안 되면 모든 일이 어느 순간 정지되는 지경까지 이릅니다. 저에겐 스케줄 관리가 아킬레스건이지요. 깜빡 잊고 하루쯤 룰루랄라 영화나 애니메이션을 보며 탕진하노라면 이후의 일들이 와르르 무너지기 마련입니다. 그렇다보니 같이 일하는 파트너들과 스케줄을 공유하는 일이 많아졌습니다. 제가 잊어도 파트너들이 알려주는 방식으로 제 건망증을 보완합니다. 그런 의미에서 구글캘린더는 혼자 쓰는 것에 더불어 프로젝트를 같이 진행하는 파트너들을 초대할 수 있으니 얼마나 좋은 플랫폼인지요.

서서히 원래의 디자인 일을 다시 하며 현업에 복귀하면서는 이런 연동성의 강화가 일하는 것의 핵심이 되었습니다. 어디서든 일을 할 수 있어야 하다보니 기존에 사용하던 디자인용 프로그램도 모두 업그레이드했습니다. 많은 분이 알고 계신 디자인용 프로그램인 어도비 포토샵, 일러스트레이터, 인디자인 등은 과거에는 온라인 연동성이 떨어져 하나의 PC에 깔아놓고 고정적으로 사용하는 게 일반적이었으나 최근 몇 년간 클라우드 기능이 강화되면서 어디서든 작업하고 온라인에 저장해두면 다른 장소에서 똑같은 작업을 이어 할 수 있게 되었습니다. 쉽게 말하자면 집에서 하던 로고 디자인 작업이나 북디자인 작업을 클라우드에 저장해두면 밖에서 노트북으로도 똑같은 작업을 할 수 있게 된 것입니다. 지금은 별게 아닐 수 있을지 모르나 처음 클라우드 기능이 활성화되어 나왔을 때는 제게 정말 금쪽같은 기능이었습니다. 대리운전을 하러 나왔다가 편의점에서 대기하고 있을 때 노트북을 열고 계속 일할 수 있었으니까요. 여러 명이 같이 일하다가 혼자 일하는 게 약점인 경우도 있었지만 이런 약점은 각 프로젝트에 알맞은 분야별 전문가와 협업하는 것으로 전문성을 더 강화했습니다.

그렇게 인원과 공간의 제약이 사라지자 기존에 필수였던 멋들어진 사무실이 필요 없어졌습니다. 클라이언트와의 미팅은 평소 눈여겨봤던 멋진 카페나 프로젝트가 실제로 진행되는 현장에서 할 수 있으니 이동성뿐 아니라 현장성도 좋아진 것이지요. 또한 이렇게 일하는 방식이 몇 년간 지속되어 익숙해지자 프로젝트를 진행하는 방식도 변화되었습니다. 기존엔 무조건 미팅을 하고 클라이언트에게 중간 컨펌을 받거나 프로젝트 파트너들과 직접 만나 소통해야 했지만 연동성이 강화된 다음부터는 첫 미팅을 제외한 대부분은 온라인으로 진행되었습니다. 디자인 프로젝트 진행에 관련된 데이터가 올라가는 구글 드라이브를 공유하고 서로 PDF로 만들어진 디자인 시안이나 기획서를 보며 전화로 이야기하거나 메신저로 의견을 주고받는 경우가 더 많아진 것입니다. 최근엔 줌 Zoom과 같은 화상통화를 사용해 함께 자료를 보며 회의를 진행하는 일도 많아졌습니다.

처음에는 클라이언트가 이런 방식을 불편해했지만 시간이 지나 몇 개의 프로젝트를 진행하고 관계가 돈독해진 후에는 서로 이 방식을 더 선호하게 됐습니다. 미팅을 하기 위해 각자 소비해야 하는 시간을 절약할 수 있고 일을 진행한 증거들이 모두 남기 때문에 서로 감정에 휘둘리거나 계약이 위배되는 예상외의 일들이 현격히 줄었습니다. 어떤 클라이언트들은 이메일로 일을 의뢰하고 구글 드라이브로 프로젝트를 진행하다보니 최종 마감과 납품 때까지 얼굴을 보지 않게 되는 경우도 생겼습니다. 저는 그만큼 아낀 시간에 더 많은 시안을 작업해볼 수 있고 그중 선별하여 더 좋은 시안들을 보여줄 수 있게 됐습니다. 클라이언트들은 더 빠르게 퀄리티 높은 결과를 받아볼 수 있게 되니 만족도가 높았지요. 이러한 방식은 해외 클라이언트들과 일을 하면서도 적용돼 이제는 국내뿐만 아니라 국외에서 들어오는 일도 받을 수 있게 되었습니다. 단순히 연동성에 대해 고민한 결과가 굉장히 큰 결과로 돌아온 것이지요.

어디서든 일할 수 있고 어디서든 그 결과를 받아볼 수 있는 시스템. 이러한 연동성 강화를 통한 시스템 구축은 디자인뿐만 아니라 글을 쓰면서도 큰 도움이 되었습니다. 저는 글을 쓰다가 몇 번 프로그램이 에러를 일으켜 며칠 동안 또는 몇 시간 동안 고민하며 썼던 글을 날린 경험이 있어 글 쓰는 프로그램은 무조건 자동으로 저장되며 어디서든 쓰고 고칠 수 있는 플랫폼이나 프로그램을 선호합니다. 긴 문장이나 사진을 많이 첨부해야 하는 리뷰는 오랫동안 브런치Brunch라는 플랫폼과 에버노트Evernote라는 프로그램을 사용해왔습니다. 브런치는 현재 나온 어떤 플랫폼보다 오탈자와 맞춤법을 자동으로 맞춰주는 기능이 뛰어나고 에버노트는 플랫폼 간의 연동성 및 활용도가 높아 주로 사용해왔던 것이지요. 그런데 글을 쓰며 가장 많이 사용한 플랫폼이나 앱을 꼽는다면 공교롭게도 페이스북입니다. 짧은 아이디어나 문장은 페이스북에서 쓰는 것을 선호하는 편입니다. 페이스북은 누군가에게 보여주기 위해 글을 쓰는 게 대부분일지 모르지만 공개 여부에서 나만보기를 사용하면 훌륭한 글 저장 툴이 됩니다. 보통 1000자 이하의 글을 생각나는 대로 정리할 때는 페이스북에 글을 써서 저장하고 휴대전화로 틈날 때마다 수정한 뒤 노트북이나 PC에서 다시 불러와 워드프로세서에 옮겨 다듬곤 합니다. 페이스북의 장점은 앞서와 마찬가지로 연동성입니다. 어떤 환경에서도 글을 쓰고 수정할 수 있으니 시간과 장소의 구애를 받지 않습니다.

이렇게 연동성을 강조하며 시스템을 구축하다가 최근에 정착한 플랫폼은 노션Notion입니다. 노션은 실리콘밸리의 프로그래머와 크리에이터들에게 절대적인 지지를 받으며 최근 몇 년간 빠르게 성장한 플랫폼입니다. 노션은 단순히 메모를 이어 붙여 아이디어를 시각화하는 칸반보드 기능부터 정보를 폭넓게 업데이트할 수 있는 위키보드 생성, CRM(Customer Relationship Management)을 활용한 고객 관계 관리까지 다양한 방법으로 활용이 가능합니다. 저는 노션에서 스케줄을 정리하거나 디자인 관련 자료들을 모아서 카테고리를 나눠두기도 하고 글 쓸 때 필요한 사전 자료나 설정들을 정리하는 데 사용하기도 합니다. 특히 게임 회사의 의뢰로 시작한 게임의 세계관을 만들고 여러 개의 에피소드를 구성하는 데 노션을 적극적으로 활용하고 있습니다. 노션의 가장 강력한 기능 중 하나인 위키 기능을 활용해서 문장에 쓰인 단어와 단어들을 연동시키고 전체 챕터를 분리해 개별 챕터를 구성하고 관련 자료들을 첨부하는 등 기존에 사용했던 모든 플랫폼과 프로그램들의 장점을 여기서 쓸 있습니다. 또한 글을 쓰거나 자료를 첨부할 때마다 실시간으로 반영되기 때문에 클라이언트와의 협업에 있어서도 놀라운 효율성을 보여줍니다.

요일별로 발휘되는 재능

그런데 이렇게 연동성과 효율성을 극대화하여 일하는 방식으로 바꾼 것은 저에게 또다른 기회를 안겨주었습니다. 이렇게 일하고자 하는 회사에 새롭게 업무 시스템을 구축해주거나 프로젝트 단위로 기존과 다르게 일하는 방식을 추천할 수 있게 되었습니다. 또한 그런 과정에서 직접 회사에 출근하지 않아도 일할 수 있는 기회가 찾아와 현재는 세 개 회사와 계약한 뒤 디자인하고 글 쓰고 컨설팅을 할 수 있게 되었습니다. 월요일에는 개인적으로 들어온 디자인 관련 프로젝트를 진행하고, 화요일과 목요일에는 새롭게 창업한 디자인 회사의 사외이사로 합류하여 일하고 있으며, 금요일에는 게임 회사의 메인 스토리 작가로 일하고 있습니다. 수요일 또는 토요일에는 유동적으로 디자인 관련 강의를 하거나 타로 카드를 배우고 싶어하는 분들을 가르치고 있습니다. 요일마다 일하는 것의 구분을 두긴 했지만 사실 어느 날 어느 장소에서도 진행되는 일들의 과정을 볼 수 있도록 시스템을 정리했습니다. 노션은 제가 글을 쓰는 것과 동시에 클라이언트의 피드백이 가능하게 만들었고 구글 플랫폼을 활용한 채팅과 게시판을 통해 디자인 팀원과 파트너들이 진행하는 프로젝트들을 실시간으로 체크할 수 있게 되었습니다. 저에게 내재된 다중이들이 각자 다른 요일에 활동하며 능력을 최대한 발휘하면서 살아가고 있는 것이지요. 처음에는 다양한 일을 매일 다르게 하는 것이 가능할까 싶었지만 사람은 어떻게든 환경에 적응하며 생존하는 동물인 듯합니다. 몇 년간 빚을 갚기 위해 이것저것 해왔던 경험이 현재는 자연스럽게 녹아들어 매일뿐만 아니라 매시간 다른 일을 하더라도 주어진 바를 완수할 수 있도록 저도 모르게 적응한 것 같습니다. 디자인을 하며 다양한 색깔의 시안을 만들어낼 수 있게 된 것도, 글을 쓰면서 여러 방면의 다양한 스타일의 글을 쓰게 된 것도 결국 오랫동안 차근차근 소중하게 키워온 다중이들(부캐릭터)이 만들어낸 결과라고 할 수 있겠습니다.

불과 몇 년 전과 비교해보더라도 현재는 클라이언트들과 직접 대면하고 일하는 것이 현저하게 줄었습니다. 거기에 툴까지 활용해 더 다양한 일을 할 수 있게 된 것이라고 생각합니다. 다양한 일을 해야 하다보니 그에 걸맞은 프로그램과 플랫폼을 찾아 모험을 하며 돌아다녔고 그렇게 쌓인 경험은 제게 맞는 시스템을 구축하는 데 도움을 주었습니다. 기존의 낡은 것을 버리고 효율적으로 일하는 시스템을 만들었기에 다른 일을 할 시간 여유가 생긴 것이지요. 그 시간 여유가 결국 새로운 것에 도전할 기회를 만들어줬습니다. 저는 이렇게 일하는 방식을 비대면 고효율 시스템이라고 부릅니다. 현재 코로나 바이러스가 창궐해 비대면이 권장되는 사회에서는 더욱 필요한 시스템이라고 생각합니다.

"일이라는 게 서로 얼굴을 맞대야 진행되지!"

"얼굴도 안 보고 어떻게 믿어?"

"디자이너라는 족속들은 눈에 안 보이면 딴짓 한다니까!"

이렇게 말하며 비대면으로 일하는 방식을 싫어하는 분도 계시지만 어쩌겠습니까? 이런 분들은 앞으로 100년이 지나도 젓가락질 못하는 사람은 밥 굶을 거라고 생각하는 분들일지 모릅니다. 기존에 일하던 방식은 끊임없이 더 효율적인 방향으로 진화하고 있는데 과거의 방식만 고집한다면 시대에 적응하지 못하고 역사의 뒤안길로 사라지는 결과만 기다리고 있을 겁니다.

몸의 구조를 삼등분으로 나누고 합칠 것

예전에 제가 디자인이라는 본업에서 벗어나 매일 다양한 일을 하는 것을 보신 한 클라이언트께서 이런 말씀을 하신 적이 있습니다. "송충이는 솔잎을 먹어야 살아남지, 그렇게 이것저것 먹어대다간 배탈나!" 제가 가장 잘할 수 있는 디자인에 많은 시간을 할애하지 못하자 디자이너로서 쌓아둔 명성이 사라질까봐 걱정해서 해주신 말씀이었던 것으로 기억합니다. 절대로 제 삶이 잘못되었기 때문에 조언을 주신 것이 아니라 정말 제 삶이 안정되길 바라셨기 때문에 이야기해주신 것으로 기억합니다. 하지만 다시 생각해봐야 할 것은 송충이의 일생은 솔잎만 먹다가 끝나는 게 아니라는 겁니다. 번데기가 되지 못한 송충이는 나비가 될 수 없습니다. 하루 종일 비바람을 맞고 뙤약볕을 피해가며 필사적으로 나뭇잎을 갉아먹지 않은 송충이는 절대 살아남지 못합니다. 자신에게 알맞은 공간을 찾아 자신을 외부와 완벽히 차단하지 못한 송충이는 번데기가 되지 못합니다. 번데기가 되었다고 해서 송충이가 살아남는 것은 아닙니다. 번데기 안에서 스스로를 변화시키지 않고 외부와 차단된 것에 만족하면 결국 송충이는 스스로 만든 번데기에 갇혀 죽어갈 뿐입니다. 번데기 안에서 나비가 되기 위해 끊임없이 자신을 변화시킨 송충이만 살아남습니다. 고통스럽게 피부를 찢고 날개와 더듬이를 만들어야 하며 몸의 구조를 삼등분으로 나누고 합쳐야 합니다. 또한 몸에 쌓였던 노폐물을 모두 배설해야만 비로소 날개를 펴고 하늘로 날아오를 수 있습니다.

저는 코로나 바이러스로 인해 외부 활동이 제한된 지금이야말로 송충이가 번데기의 과정을 거치는 중요한 시기라고 생각합니다. 코로나 바이러스 창궐이라는 어쩔 수 없는 상황 때문에 우리 모두 번데기가 되어 외부와 차단하며 살아가고 있지만 이 극단적인 변화의 시기를 잘 버티며 스스로 자신을 변화시킨 사람들만이 코로나 이후의 세상에서 살아남을 수 있는 자질을 갖출 것이라고 생각합니다. 처음 이야기했던 유명 인사들의 부캐릭터들은 사실 고난한 변화의 과정을 거쳤기 때문에 대중에게 관심을 받고 새로운 가능성을 열어갈 수 있었습니다. 스스로 가진 다양한 가능성을 새롭게 모색하고 미래를 위해 자신의 모습을 바꿀 수 있는 사람만이 날개를 펴고 날아오를 기회를 얻을 것입니다. 여러분의 미래를 새롭게 설계하는 데 지금처럼 좋은 시기가 또 있을까요? 저에게 모든 것을 포기해야 하는 시기가 있었기에 제 안에 숨겨져 있던 다른 능력을 찾은 것처럼 지금 코로나 시기가 여러분에게도 인생을 리셋하고 새로운 가능성을 여는 기회가 되었으면 합니다. 또한 내면의 목소리에 귀기울여 내 안의 새로운 캐릭터를 발견하고 그 캐릭터가 다양하게 활동할 기회와 희망도 열어두셨으면 합니다. 코로나가 만연한 지금 이때는 준비된 자에게는 비극의 시기가 아닙니다. 포기하지 않고 미래를 위한 희망을 잃지 않는다면 여러분이 가진 비장의 기술을 연마할 가능성의 시기가 될 것이라고 생각합니다.

산만해서
잘나가는
사람들

김기영
광고 크리에이터

지금 광고회사는 가을이다

아직은 가을이다. 철 지난 여름 반팔을 입어도, 다가올 겨울옷을 입어도 이상하게 보지 않는 계절을 살고 있다. 하지만 조금 지나면 겨울이 올 거다. 그땐 반팔을 입고 다니면 철 지난 옷을 입고 있는 이상한 사람으로 보겠지. 아직 우리는 옛날 방식과 새 대세(뉴노멀)가 될 방식을 섞어가면서 일하고 있다. 하지만 곧 옛날 방식은 겨울을 맞아 옷장으로 들어가는 여름옷처럼 사라질 거고, 새로운 것에 적응하지 못한 사람들도 사라질 것이다. 15년 전 신문 광고를 하면서 했던 회의가 떠올랐다. 그때 우린 대부분 종이 신문은 어떤 형태로든 보게 될 것이라고, 사라지지 않을 것이라고 떠들었다. 틀렸다. 내 딸은 종이 신문을 만져본 적이 없다. 그러니 당연히 우리가 말하는 향수도 없다.

광고회사의 겨울.

이미 글로벌 회사 중에는 모든 것을 온택트로 하기 시작한 곳들이 있다. 1) 광고주가 신제품에 대한 정보를 영상으로 찍어서 올리면 2) 광고회사는 자신들의 채널을 통해 전 세계 지사에 흩어져 있는 그 분야의 전문가들을 모아 TFT팀으로 구성하고 3) 온라인상에 마련된 팀 소통 공간을 통해 아이디어를 공유하고, 영상으로 회의한 뒤 4) 광고주를 영상 회의에 초대해 아이디어를 프레젠테이션하는 방법이 점점 뉴노멀이 되어가고 있다. 5) 그리고 결정된 아이디어를 영상으로 만드는 것도 예전처럼 해외로 촬영하러 가지 않아도 되는 시대가 왔다. 아이디어를 결정한 뒤에 그 분야의 전문가인 감독을 선정하고, 촬영하는 전 과정을 프랑크푸르트 현장에서 모니터로 확인하는 대신 한국으로 실시간 전송하는 기술로 한국에서 독일 촬영을 컨트롤하는 시대다. 이런 겨울이 어디는 왔고, 어디는 오고 있고 그렇다. 오늘도 같이 근무하는 박승헌 CD(Creative Director, 광고회사 제작부서 팀장을 폼 나게 부르는 말)와 현대자동차의 전기차 브랜드 아이오닉의 새로운 캠페인 촬영을 가는 것이 합리적인지, 가지 않고 온택트로 하는 것이 합리적인지에 대해 이야기를 나누다 결국 가지 않는 쪽으로 결정하는 분위기다. 오늘도 이노션(내가 다니는 광고회사)은 겨울과 가을을 오가며 지내고 있다.

나는 걸으면서 일한다

언택트 시대의 광고회사. 많은 회의를 취소하고, 최소화하고, 재택근무를 시행하면서 혼자 있는 시간이 많아졌다. 이전에도 아이디어 회의를 준비하는 과정에서 카피라이터인 나에게 늘 혼자 고민하는 시간은 존재했지만, 일하는 방식에서 더 자유로울 수 있어서 좋다. 스팅의 명곡 〈잉글리시맨 인 뉴욕Englishman in New York〉에 나오는 가사처럼 "누가 뭐라든 항상 자신을 잃지 마세요Be yourself no matter what they say". 모두가 책상에 앉아 아이디어를 생각할 때 누구의 눈치도 보지 않고 그냥 내가 하고 싶은 방식대로 한다.

난 걸으면서 일한다, 생각한다. 그러면 아이디어가 잘 떠오른다. 이건 굉장히 과학적인 방법. 일단 걸으면 전두엽이 자극되고, 그 자극으로 도파민이라는 물질이 나오고, 이 물질이 아이디어 고갈 지옥에서 나를 구원해준다. 아마 아리스토텔레스님도 이 비법을 아셨던 것 같다. 그들을 일컫는 소요학파는 걸으면서 학문에 대해 토론하고 걸으면서 일을 했으니 말이다. 자, 그러니 나도 소요학파처럼 생각할 것을 머리에 넣고 길거리로 나선다. 길거리야말로 예측할 수 없는 것들로 가득하다. 갑자기 튀어나오는 퀵보드, 내 장바구니에 들어 있는 옷을 입고 걸어오는 남자(사지 말아야겠다), 카페에서 불쑥 들려오는 토막 난 음악……. 『소설가 구보씨의 일일』도 박태원(영화 「기생충」의 감독, 봉준호의 외할아버지)이 산책자 flâneur로서 하루 동안 경성을 걸은 얘기다.

2012년이었다. KT에 새로운 캠페인을 제안해야 하는데 그 풀어야 하는 숙제가 '가장 빠른 LTE'를 광고로 표현하는 것이었다. 그때도 숙제를 머리에 넣고 거리로 나갔다. 지금도 기억난다. 에디트 피아프의 〈빠담 빠담 빠담〉이 흘러나오는 곳을 봤더니 허름한 백반집이다. 그 집과 어울리지 않는 음악이 나온다고 생각하다가 갑자기 빠담 빠담 빠담이 무슨 뜻인지 궁금해졌고, 찾아보니 심장 뛰는 소리, 두근두근이었다. 애타게 기다리던 사람을 만났을 때 빠담 빠담 빠담 뛰는 심장박동보다 더 빠른 것이 있을까. 이 프랑스식 심장 박동 소리에 언어 유희를 결부시켜 탄생한 것이 바로 그 '빠름 빠름 빠름' 캠페인이다. 그렇게 길에서 태어난 카피 한 줄 덕분에 나는 큰 지겨움 없이 광고로 밥벌이를 하며 살아가고 있다. 그래서 나는 오늘도 무슨 생각이든 줍줍하러 길거리로 나간다. 올해 하루 평균 9785걸음을 걸었으니 부지런히 주우러 다닌 셈이다.

그러던 중 최근에 또 하나를 주웠다. 10월 28일에 진행되는 밀리의 서재(책 구독 서비스 앱) 경쟁 입찰을 준비하던 중, 답답해서 거리로 나갔다. 푸르덴셜생명 빌딩을 지나 은광여고 쪽으로 올라가던 차에 눈에 번쩍 들어온 게 있었으니, 바로 집 앞에 하얀 나일론 끈으로(참고로 우리 집은 핑크색 끈으로 묶었다) 묶여서 버려진 책들이었다. 버려진 인형은 대부분 낡고 시간의 때가 묻어 있는데, 버려진 책들 중에는 한 번도 펴보지 않았을 것 같은 새 책이 있다. 그게 더 불쌍하다. 아, 또 딴 데로 샜네⋯⋯. 글에도 여실히 드러나는 나의 산만함, 하지만 그게 나인데 어쩌겠나. 그래도 나는 나를 좋아한다!(막간 자랑, 이것도 내가 10여 년 전에 SK텔레콤 기업 광고에 썼던 카피다.) 이 버려진 책들을 보는 순간, '아, 이 집 주인이 밀리의 서재를 구독하고 있어서 종이책이 버려진 것은 아닐까'라는 상상을 하게 되었고, 그길로 회사에 돌아가 담당 팀에게 사진을 보여주며 나의 아이디어를 설명, 반영해 제작물을 준비하고 있다.

여러분도 생각이 막히면 책상을 버리고 거리로 나가 아주 오래전 아리스토텔레스님이 그랬던 것처럼, 거리를 소요하며 아이디어를 찾아보는 게 어떠실지. 방에서만 회의하지 말고 걸으면서 회의를 해보면 어떠실지 권해본다. 참, 사람들이 골프장에서 일 이야기를 하면 희한하게 잘된다고들 한다. 그게 바로 걸으면 나오는 도파민 때문이다. 골프장이기 때문이 아니라!

친절한 후배들, 사랑해

언택트 회의가 힘든 이유 중 하나는 표정 등의 몸짓말이 잘 전달 되지 않기 때문이다. 사실 우리는 말이 아닌 손짓, 표정 등으로 정 교하게 의사소통을 하는데 그게 전달이 잘 안 되는 것이다. 그래 서인지 요즘엔 아이디어를 더 친절하게 가져오는 게 대세다. '친절' 하니 생각나는 잊지 못할 에피소드를 하나 들려드린다. 1993년인 가에 나는 취준생이었다. 복학하고 취업 준비를 하려고 새벽 6시 에 대도서관에 자리잡고 공부를 하던 그때, 나도 누군가의 '도자 기'였다(도서관에서 자리 잡고 기다리는 사람). 당연히 새벽 첫차를 타고 나오니 아침밥도, 아침 큰일도 도서관에서 해결했다. 모두가 그랬을 테니 화장실은 그야말로 전쟁터였다. 그래서 큰일 보는 남 자 화장실 칸을 1사로, 2사로(군대에서 사격 연습하는 라인을 나누 는 명칭)라는 군대 용어로 불렀나? 어쨌든 화장실은 늘 만원이었 고, 1사로부터 배를 움켜쥐고 노크를 한다. 대부분의 반응은 노크 로 되받거나 '네'였는데…… 3사로였던 걸로 기억한다. '똑똑' 노크 를 했는데 또렷이 '닦!습!니!다!'라는 대답이 들려왔다. '아! 여기! 곧! 끝나겠구나'라는 안도감. 난생처음 만나는 이 속 깊은 친절함, 타자의 급한 고통을 알고 자신의 과정을 정확히 이야기해줌으로 써 타자가 어느 칸에서 기다려야 할지를 정교하게 판단하게 해주는 이 배려. 나는 이때 친절함을 똥으로 배웠다. 지금도 좋은 아이디어는 친절한 아이디어라고 믿는다. 어려운 건 불친절하다. 쉬운 건 친절하다. 그래서 여전히 지금도 쉽고 재미있는 친절한 아이디어, 태도를 선호하는 편이다.

요즘 후배들에게 배우는 비대면 시대에 회의를 성공적으로 이끄는 꿀팁 한 가지. '텍스트만 고집하지 말 것'이다. 요즘 후배들은 아이디어를 페이퍼로만 보여주지 않고 본인이 생각한 카피, 비주얼, 음악을 영상으로 직접 편집해서 만들어 온다. 멋진 그림, 잘 맞는 음악에 눈 호강, 귀 호강을 하다보면 저절로 아이디어에 대한 호감이 올라간다. 한참을 상상하고 노력해야 이해되는 게 아니라 보면 그냥 이해되고 결과물이 예측된다. 아이디어를 리뷰하는 입장에서는 최종 결과물에 대한 것을 훨씬 더 정교하게 예측할 수 있는 큰 장점이 있다. 그리고 음악을 이용하는 것은 아이디어를 좋게 어필하는 데 굉장히 중요한 요소다. 본인의 아이디어가 선택될 확률이 급상승하며, 연말에 좋은 평가가 예측된다.

자, 다음 회의에는 내가 생각한 이미지를 찾고, 없으면 대강이라도 알아볼 수 있는 수준으로 그리고, 거기에 아델의 멋진 음악을 올려 영상을 편집해서 가져가보라. 많은 양의 아이디어를 가져가서 누군가에게 결정을 맡기는 수동적인 태도에서 벗어나 내가 주체적으로 괜찮다고 판단한 아이디어를 멋지게 콘텐츠화시키는 연습을 해보는 건 어떨까. 별로인 아이디어를 듣는 것으로 시간 낭비를 하기는 싫다. 양보다 질을 높이는 게 배려고 친절이다.

뒹굴뒹굴 공감 찾기

영감이라는 것은 책에도 있고, 음악에도 있고, 당연히 생활에도 있기 마련이다. 최근 프로젝트 중에 요즘 가장 잘나가는 커리어 플랫폼인 원티드wanted의 새로운 캠페인을 준비하고 있다. 그 주제 중 하나로 우리의 요즘 생활을 고스란히 반영한 '재택근무' 편을 채택해 최우식님의 열연 속에서 무사히 촬영·편집·시사를 마치고 온에어를 앞두고 있다. 재택근무 편을 선택한 큰 이유는 아마 요즘 시대에 '공감 가는 내용'이기 때문일 것이다. 공감. 누군가 나와 닮은 생각, 닮은 상황에 처했을 때 느끼는 동질감. 마치 소통이 잘 되는 친구를 만난 것 같은 느낌인데, 공감, 이거 굉장히 중요하다. 이건 아이디어 생존의 문제이며, 인간의 불안이라는 것과 맞닿아 있는 생물학적이고도 인문학적인 의미를 가지고 있다. 회의실에서 어떤 아이디어를 죽일 때 가장 많이 하는 말이 '공감이 안 되는데'이다. 다이하드 하는 아이디어의 공통점은 '공감'이다.

　우리가 그토록 공감에 목을 매는 이유는 사실 굉장히 거창하다! 잠깐 시대를 거슬러 올라가 김동인의 「발가락이 닮았다」를 보자. 본인의 아들이라고 믿기 위해 결국 세 번째 발가락이 닮았다고 위안하는 주인공……. 사실 우리가 닮은 것에 목매는 이유는 닮았다는 것이 주는 안도감 때문일 것이다. 나와 닮은 사람을 보며 호감을 느끼는 이유는 나의 적이 되지 않을 것 같은 안도감 때문이다. 생각이 닮은 사람을 만났을 때 느끼는 희열, 같은 뮤지션을 좋아할 때의 동질감 등 우리는 어떻게든 닮은 구석을 찾으려고 노력한다. 가족이 좋은 이유는 애써 찾으려 하지 않아도 지겹게 '닮은 구석이 많아서'일 것이다. 그래서 광고는 자꾸 당신과 피로 맺은 가족이 아닌 생각으로 맺은 가족이 되려고 끊임없이 노력한다. 그래, 발가락이 닮았다가 아니라 당신과 이 브랜드는 '생각이 닮았다'고 끊임없이 말을 걸고 있는 것이다. 최우식님과 현실 남매가 겪는 재택근무 상황을 통해 당신의 라이프와 원티드의 생각에 닮은 점이 있다고 말을 걸고 있는 것이다. 보통 연애 선수들은 '시간 있으세요?'라고 말을 걸지 않는다. '커피 좋아하시나봐요?'라면서 공통점을 찾으려고 노력한다. 그리고 이렇게 보편적인 것보다는 좀더 특별하고 구체적으로 공감되는 지점을 발견하면 더 좋은 결과가 생겨날 수 있다. '저는 아메리카노보다 신맛 나는 핸드드립이 더 좋더라고요.' 그래서 원티드의 캠페인에서는 재택근무라는 보편적인 공감과 집에서 굉장히 편한 상태로 있던 누나가 영상 회

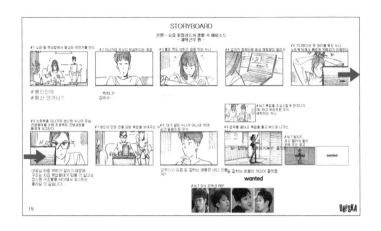

의가 시작되면 이지적으로 변신하는 구체적인 공감 요소를 넣어 세상에 말 걸기를 하고 있다.

카페에서 일어나는 막장 토론

언택트 시대의 가장 큰 장점은 근무지를 내 마음대로 정할 수 있다는 것이다. 친한 동료와 가끔 창덕궁이 보이는 2층 카페에 간다. 그곳에서 조선의 궁을 내려다보면서 일하는 맛은 언택트가 준 보너스다. 그런데 최근 웃픈 일이 있었다. 창가에 70대로 보이는 분과 40대 중반으로 보이는 분이 굉장히 세련된 옷차림과 목소리로 이야기를 나누고 있었다. 그러던 중 갑자기 테이블을 정리하고 있던 서빙하는 여직원에게 신경질 섞인 목소리로 '지금 그 테이블을 다 닦고 티스푼을 가져다주려는 거야?' 하며 버럭 화를 낸다. 아이고, 깜짝이야. 바로 이어 '내가 몇 번째 얘기하는 줄 알아?' 하고 연타 고성을 날린다. 당황한 여직원은 '아, 죄송합니다' 하고 바로 아래층으로 내려갔다. 두둥. 이때 옆 테이블에 앉은 부부 중 남편이 매우 두터운 목소리로 '일하는 분이 바쁜 것 같은데 그냥 가져다 드시면 좋잖아요'라며 참견한다. 또 두둥. 아주머니의 반격. '여기 커피가 얼만데! 이게 보통 백반값이에요. 내가 돈 낸 만큼 서비스를 받아야지, 그걸 내가 왜 가져와요, 7000원 낸 서비스를 받아야지!' 이때 옆 테이블 아내분 급등장. '아, 그렇게 생각할 수 있겠네요, 죄송합니다'로 일단락되는가 싶던 찰나, 내 동료가 나에게 굉장히 깊은 얘기를 한다. '사실 이게 구조적인 문제인데, 저 아주머니가 형편없는 서비스를 받을 때 따져야 할 대상은 일하는 사람이 아닌 고용주지. 사람을 늘렸으면 아마 저렇게까지 정신없진 않았을 거고 저런 불상사도 안 났을 거야. 우리가 늘 분노하는 대상을 가장 쉽게 노출되어 있는 사람(또는 사물)으로 삼는 것은 사회 구조적인 문제를 깊이 생각하지 못하는 데서 오는 오류인 듯해.' 뭐야, 이 멋짐은…….

어쨌든 카페에서 생긴 작은 일에도 많은 것이 내포되어 있음을 안다면, 우리가 던지는 말 한마디나 행동 하나라도 좀더 심사숙고해야 한다.

그 친구가 한 말 중에 이런 것도 있다. '요즘 사람들은 솔직한 게 미덕이라고 생각해서 막 던지는데, 솔직함의 전제는 상대방이 상처받지 않는 범위 내에서야. 상대방이 상처받는 솔직함은 솔직함이 아니라 무례함인 거잖아.' 배울 게 많은 친구라서 내가 계속 맛있는 걸 사주면서 따라다니고 있다. 물론 그날 커피값도 내가 냈다. 원래 배움에는 돈이 드니까. 자, 여기서 배울 점. 언택트 시대에는 스몰 토크와 골목 토크가 대세다. 내가 배울 만한 사람이라면 아낌없는 투자를 하면서 뽑아내자. 카페를 좋아하는 사람과 다니는 곳, 클래식을 좋아하는 사람과 다니는 곳, 옷을 좋아하는 사람과 다니는 곳. 내 인생 루트에 클래식 골목, 먹자 골목, 와인 골목 등 골목골목을 만들어 듣고, 먹고, 마셔보자. 어떤 것을 대단히 좋아하는 사람과 가까이 지내며 그들의 인사이트를 내 몸에 내재화시켜보자(공문서에 나오는 어른 말투).

산만함은 능력이다

요즘 어느 회사든 유연함이 태도의 히트 상품이다. 꼰대와 비꼰대를 구분하는 잣대 중 대표적인 게 유연함일 것이다. 많은 곳에서 유연함을 강조한다. 가장 잘나가는 넷플릭스 창업자도 장기적인 계획보다 유연성이 중요하다고 하신다. 요즘처럼 예측할 수 없는 시대에는 더 그럴 것이다. 누구도 코로나를 예측하지 못했지만, 장기적인 계획을 수정하고 유연하게 대처한 브랜드들은 살아남는 방법을 찾고, 그렇지 못한 브랜드는 사라지고 있다. 자, 가만 보면 유연성은 산만함을 내포하고 있다(물론 매우 자기중심적이고 궤변에 가까운 얘기다). 폴리매스(서로 연관이 없어 보이는 다양한 영역에서 출중한 재능을 발휘하는 사람들)의 대표적인 인물로 불리는 레오나르도 다빈치를 보자. 한 가지에 집중하지 않고 화가, 조각가, 음악가, 무대 및 의상 디자이너, 발명가, 해부학자, 비행사, 엔지니어, 군사 전략가 등을 했으니 얼마나 다양한 분야에 유연한 태도를 가졌으면 이럴 수 있겠느냐는 말이다. 해부학자라는 이과적 두뇌가 이성적인 것만 고집하지 않고 음악가라는 인문적 두뇌를 수용하는 유연함. 가만 보면 수용하는 유연함이 있기 전에 이것저것에 관심을 갖는 산만함이 기본적으로 장착되어 있었다. 그러니 나를 포함해 산만한 사람들은 이로 인해 고통받지 말고 이것저것에 관심 많은 천재라고 생각하자.

광고는 기본적으로 산만함을 가지고 있다. 글과 그림과 음악이 유연하게 서로를 받아들이지 않으면 안 되는 장르다. 글과 음악과 그림이 서로 가진 경계를 허물어 소통하고 협업하게 만들어야 좋은 광고가 된다. 블랙핑크의 로제님은 그들이 만들어내는 새로움이 경계를 가지지 않아서 생겨난 거라고 이야기한다(블랭핑크는 정말 배울 게 많은 나의 최애 아이돌이다). 오늘도 사심 가득 담아 블랙핑크와 잘 맞는 아이디어를 내서 만나보려고 노력하는 중이다. 블랙핑크 멤버들의 산만함을 보자. 정통 한국 문화 계승자인 지수님. 한국에서 태어나 뉴질랜드 문화를 흡수한 제니님. 정통 타이 문화 전파자인 리사님. 호주에서 태어나고 자란 최고의 보컬 로제까지. 이 문화와 저 문화가 섞이고, 이 언어 저 언어가 섞이고, 이 취향 저 취향이 섞이는 이 산만한 조합이 오늘날 세계가 좋아하는 새로움들을 만들어내고 있다.

이걸 광고회사에 적용해보면 이렇다. 여기는 태생적으로 산만한 조합의 사람들이 모인 곳이다. 옷을 만들다 온 사람, 축구 하다 온 사람…… 우리도 광고라는 경계를 넘어 새로운 것을 만들어내기로 했다. 광고회사 이노션이 옷을 만들기로 한 것이다. 그래서 탄생한 것이 바로 에어패딩! 김원국 CD 팀과 재미있는 옷을 하나 만드는 중이다.

전문가가 잘 만든 것 말고 전혀 관계없는 사람이 만든 날것 같은 데에 더 관심이 가는 시대다. 그래서 만든 옷은 짜잔, 패딩 안에 거위털, 오리털을 넣는 대신 튜브로 입김을 불어넣는 옷이다.

에어패딩.

현재 S대학교와 보온성 실험을 진행하는 중이다. 똑같은 옷에 거위털을 넣는 것과 공기를 넣는 것 중 어떤 게 보온성이 더 뛰어날까. 연구팀은 아마도 보온성이 비슷할 것이라고 예측하고 있다. 외부와 피부 사이에 대류하지 않는 공기가 있으면 보온 효과가 발생하는 게 그 핵심 원리이기 때문이다. 어떤 결과가 나올지 궁금하다. 이렇게 나는 광고도 만들지만 새로운 아이디어로 옷도 만들고, 손 대지 않고 엘리베이터 버튼이나 문 버튼 누를 수 있는 휴대전화 케이스도 만든다.

이렇게 요즘은 만나지 않았던 것들이 만나 새로움을 창조해내는 컬래버레이션의 시대다. 밀가루 브랜드 곰표가 패션 브랜드와 만나 패딩을 만드는 시대, 이 얼마나 산만한 일인가. 나는 보통 책을 4권 정도 동시에 읽고, 넷플릭스도 9개를 동시 시청 중에 있다. 자연스럽게 섞인다. 블랙핑크처럼 말이다. 지금 나를 돌아보고 내가 하는 일들의 변화를 보면 점점 더 올라갈수록 나의 일은 산만해진다. 처음에 카피라이터를 할 때는 광고에 들어가는 글(카피)만 쓰면 됐다. 그러다 CD가 되면 비주얼, 카피, 음악까지 다 신경을 써야 한다. 조금 더 산만해졌다. 그런데 요즘엔 TV 광고만 만들지 않는다. TV 광고, 프로모션 아이디어, 틱톡 아이디어 등등 조금 더 산만해지게 만들었다. 그러다 ECD(EXECUTIVE CD)가 됐다. 이제 나랑 일하는 팀은 열 팀이 넘는다. 위의 일들은 더 산만해지는 중이다. 그럼에도 잘 살고 있는 것은 이 상황에 내가 적응했기 때문이 아니라, '이런 시대, 이런 역할이 나에게 왔기 때문이다'.

남의 시를 엮으면서 김용택이 그랬지, '시가 내게로 왔다'고. 산만한 시대가 내게로 왔다. 그리고 이렇게 산만하게 사는 게 살아남는 것이라는 깨우침에 큰 역할을 한 코알라에게 감사한다. 코알라는 진화론적 관점에서 보면 오로지 한 가지 유칼립투스만 먹는 전문 취식종이다. 진화론적 관점에서 생존에 매우 불리할 수밖에 없다. 만에 하나 유칼립투스가 사라지면 같이 사라져야 하니까. 한 가지 분야에 오래 헌신한 사람이 창의적 혁신을 이룰 수 있다는 전제는 절반만 진실이다. 여기저기 넘나들며 창의적인 혁신을 이뤄내는 사람이 많이 있다. 그래서 나는 의도적으로 내가 싫어하는 것도 먹으려 하고, 내가 덜 좋아하는 음악도 들으려 하고, 내가 꺼리는 책도 읽으려 한다. 게다가 내가 멀리하려는 사람도 만나려고 하는데, 이것만은 이상하게 잘 안 된다…….

스펙보다 스토리

세상에 바뀌지 않는 것은 없다. 바뀌지 않을 것 같은 것을 바꾸는 사람을 우리는 혁신가라 부른다. 선풍기에는 당연히 날개가 있어

언택트 시대, 온라인 스트리밍으로 진행하는
이노션 타운홀 미팅.

야지 하는 것을 다이슨이 바꾼 것처럼(날개 없는 선풍기라니, 놀랍지 않은가) 모든 자동차 설계도는 회사의 대외비라 함께 광고 만드는 사람들에게도 비밀로 하는 경우가 많은데, 테슬라는 자신들의 전기차 설계도를 전 세계에 공유했다. 전기차가 세상에 많아지길 바라며! 이렇게 바뀌지 않을 듯한 것을 바꾸려는 자가 새로운 세상을 만든다. 아마 광고회사에서도 누군가는 이런 놀라운 일을 하려고 준비 중일 것이다. 요즘 이노션에서도 이런 변화의 분위기가 감지된다. 광고회사가 광고만이 아니라 옷을 만들기도 하고, 온라인으로 물건을 파는 오지랩(ozylab.co.kr)을 떨기도 하며, 직접 만나 회사의 이런저런 소식을 듣는 타운홀 미팅은 온라인 스트리밍으로 바뀌었고(댓글 다는 건 정말 꿀잼이다).

후배들은 자신만의 스토리 만들기, 부캐 만들기가 한창이다. 한 후배는 회사에서 카피라이터지만 인스타에서는 뷰티 크리에이터로 활동하기 위해 준비 중이고, 또 다른 후배는 식물 크리에이터로, 어떤 후배는 웹툰 작가로 각자의 새로운 캐릭터를 만들기 위해 공을 들이고 있다. 이것은 명품 브랜드들이 자신만의 스토리를 만들려는 것과 같은 이치다. 자기네가 좋아하는 것들로 자신만의 스토리를 만들고, 자신이라는 브랜드를 탄탄하게 만들어가는 것이다. 누구나 화려한 팩트를 자랑하는 사람보다 멋진 스토리를 가진 사람을 좋아하니까 말이다. 우리도 스펙이라는 팩트보다 멋

진 스토리를 가지려고 노력해보는 것은 어떨까. 자기소개란에 옛
날 사람처럼 이력을 쓰지 말고 스토리를 써보는 건 어떨까.

무신사랑 해, 언택트 시대에 빛나는 목소리

이번 무신사 캠페인도 온라인과 오프라인을 오가며 준비했다. 방
향성 등 깊은 토론이 요구되는 회의는 대면으로 했고, 자료만으로
정확한 판단이 가능한 것들은 비대면으로 했다. 비대면 영상 회의
시대는 한마디로 좋았다. 일단 오가는 시간이 절약된다는 것은 너
무나 기쁜 일이다. 그리고 불필요한 요소 없이 일의 핵심을 중심으
로 해서 진행되는 것도 너무 좋았고, 위생적인 측면에서도 최고의
방식이다! 영상 회의, 가만있자, 여기서 새로운 매력이 주목받게
되는 것이 흥미로웠다. 요즘 재택근무 하면서 영상 회의를 할 때,
집에 있는 내추럴한 모습을 보여주기 싫은 사람들은 영상 회의 화
면창에 얼굴 대신 이름이나 재미있는 비주얼로 대신하곤 한다. 결
국 남는 것은 목소리다. 우리는 회의하면서 목소리에 집중하게 되
었고, 목소리의 매력이 아이디어 신뢰도에 적잖은 영향을 미친다
는 것을 재발견했다. 잘 생각해보면 배우들의 매력 요소에서는 목
소리가 엄청난 비중을 차지하고 있다. 박보검님도, 유아인님도, 공

무신사 캠페인.

유님도 모두 좋은 목소리를 가졌다. 한석규님이야 성우 출신이니 말해 무엇하랴. 또 하나의 발견이 있다. 평소 발표수줍음이 있는 사람들이 회의에 훨씬 더 적극적으로 참여한다는 것이다. 대면하는 회의실에서는 소극적이었는데 화면에서는 굉장히 적극적으로 하는 모습이 신선하고 재미있었다.

환경이 인간에게 미치는 영향은 정말 어마어마하다. 그리고 산만한 사람들에게는 최고의 시대가 왕림했다는 반가운 소식을 다시 한번 전한다. 한 귀로는 발표를 들으며 자리에 혼자 앉아 카톡을 확인할 수도, 내가 좋아하는 하리보 젤리를 먹을 수도, 회의하다 돌발 짜증나는 상황에 심신을 안정시켜주는 밤Balm을 관자놀이에 바를 수도 있다. 이런저런 과정을 지나 무신사 광고를 유아인 배우님과 잘 찍었다. 현장에서 만난 유아인님은 일단 너무 잘생겨서 놀랐고, 너무 열심히 연기해줘서 또 놀랐다. 이 기회에 다시 한번 고맙다는 말을 전한다. 촬영장에서 셀카라도 같이 찍었으면 하는 후회가 밀려온다. 이렇게 만든 무신사 광고는 2020년 추석에 온에어가 되었고 계속 좋은 반응을 얻는 중이다.

우리는 요즘 언택트, 온택트가 섞여 있는 약간은 혼란스런 세상에 살고 있다. 어디든 그렇겠지만 새로운 파트너와 호흡을 맞추는 과정에서는 여전히 대면이 효과적이고, 오랫동안 호흡을 맞춰온 파트너라면 좀더 쉽게 언택트로 갈 것이다. 그래서인가, 요즘도 새로운 경쟁 PT(브랜드가 프로젝트를 공개해 광고회사가 경쟁해서 일감을 얻는 방식)는 대부분 대면으로 진행한다. 하지만 이것조차 언젠가는 사라지겠지. 종이 신문을 모르는 사람들이 종이 신문을 그리워하지 않는 것처럼. 영상 회의가 기본인 세상에서는 대면 회의가 정말 비위생적인 회의로 평가될 수 있으니까. 그럼 종이 책은?

견딜 수 있을 만큼만
언어를 좋아하기

번역가   신견식

흔히들 인생을 마라톤에 빗댄다. 그럼 일등으로 골인하면 가장 먼저 세상을 뜬다는 뜻일까. 현상이나 사물의 단면을 비유하는 표현을 가지고 꼬투리를 잡으려는 것은 아니다. 힘들고 기나긴 여정 속에 각자의 코스가 있지만 결승점이 정해지지는 않은 길을 홀로 달린다는 의미가 아닐까. 풀 코스 마라톤을 달리면 밥 열여섯 공기 반의 칼로리가 필요하다는데 제힘으로만 돌아가는 영구 기관은 존재할 수 없기에 밖에서 받는 힘도 적당히 있으면 좋다. 사랑하는 가족도 아마 그런 힘을 주는 중요한 요소일 것이다.

　마라톤은 그냥 삶 전체보다는 직업을 가지고 일하는 인생 단계에 더 어울릴 법하다. 태어나자마자 자리를 박차고 일어나 죽을 때까지 달리려면 숨이 가빠 너무 벅차다. 20여 년은 준비운동을 하다가 30년 남짓 뛰고 그다음에는 산보를 한다고 치면 얼추

들어맞을 것이다. 영어 '커리어career'의 어원도 '길'이고 마찬가지로 '경력'을 일컫는 독일어 '라우프반Laufbahn'은 달리는 길Lauf+Bahn이다. 이제 20년쯤 달린 나를 두고 자체 평가를 해보면 다행히 그럭저럭 제 페이스대로 나아가는 중이다.

세상에는 두 부류가 있다. 프리랜서가 어울리는 이와 그렇지 않은 이. 나는 물론 전자에 들어간다. 또 다른 기준을 들이밀어 사람을 이런저런 유형으로 단순하게 이항 분류를 할 수도 있겠다. 책을 잘 읽는 사람, 빠릿빠릿한 사람, 수더분한 사람, 수다스러운 사람 그리고 이렇지 않은 사람 등등. 둘을 가르는 기준은 이를테면 나보다 덜 읽으면 안 읽는 사람이고 나보다 말수가 적으면 과묵한 사람이다. 그냥 나를 기준 삼아, 엿장수 마음대로다.

딴것은 몰라도 프리랜서에 어울리느냐를 가르는 기준선은 내가 아닐 텐데 어쨌든 나에게는 유독 잘 맞는 옷이다. 출퇴근을 하지 않으니 날마다 옷차림에 신경을 안 써도 되는 점도 이득이다. 비유든 실제든 잘 꾸며서 스스로를 돋보이게 하고 남에게 잘 보이는 것도 누군가에겐 중차대하겠지만, 나는 좋아하는 공부나 일에 좀 더 힘을 쏟는 데 의미를 둔다.

집단보다는 개인에 더 큰 중점을 두는 성격상 자기 통제하에 자율적인 프리랜서로 사는 게 나한테는 제격이다. 특히나 혼자서 일하는 사람은 누가 굴려주기를 기다리면서 타성으로 굴러가서는 곤란하다. 알아서 기는 게 아니라 알아서 굴려야 된다. 관성에 기대기보다는 스스로 힘을 가해 가속과 제동을 할 줄 알아야 한다. 다른 모든 일이 그렇듯이 남의 평가도 무시할 순 없겠지만 제가 내린 평점이 낮거나 어떤 이유에서든 만족보다 불만이 높아진다면 힘이 생기지 않아 굴러가질 않으므로, 스스로 평가를 잘 내려야 한다. 평가의 기준은 실력, 수입, 평판, 자긍심, 만족감 등 여러 가지를 들 수 있겠다.

점수가 낮으면 지금 하는 일을 그만둬야 하느냐? 그건 아니다. 꼭 점수에 구애받을 필요는 없다. 선택하기 나름이다. 그럼 평가는 왜 할까? 마라톤을 뛸 때 어디까지 왔는지, 얼마나 됐는지, 컨디션은 적당한지 확인하는 것과 비슷하다. 중간중간 비틀거리거나 넘어질 때가 있어도 저 멀리 길게 보면서 가는 것이다. 인생이란 어차피 희비가 엇갈리기 마련이니 사소한 것으로 기분이 오락가락할 때도 없지 않으나 평정심을 잃지 않으려고 노력한다. 그런 다짐이 별것 아닌 듯해도 안 하는 것보다는 낫지 않은가.

'프리랜서' 하면 왠지 오롯이 제힘만으로 벌어먹을 것 같지만 소속만 없다뿐이지 집단이든 개인이든 많은 타인과 일정한 관계를 맺는다. 무릇 여느 일이 그렇듯이 오로지 혼자만 해낼 수 있는 일은 없고, 저마다 차이야 있어도 어느 정도의 협업은 필요하다. 어쨌든 번역가가 번역이라는 큰 덩어리를 만들더라도 일감을 나한테 주거나 마친 일을 검토하는 사람은 따로 있으니 그들이 없으면 안 된다. 그리고 당연히 동료 번역가들끼리 도움도 주고받는다. 번역하는 도중에 난점이 생기면 서로 물어보거나, 일감을 소개해주기도 한다.

족적을 너무 많이 남기다가 상처를 낼까봐

나는 실무 번역부터 시작해서 이제 출판 번역과 미디어 업체 언어 자문 등도 맡아, 크게 보면 세 종류의 일을 한다. 처음에는 제품 설명서, 사용자 인터페이스 용어집, 제조 지침 등을 영어는 물론이고 스페인어, 독일어, 프랑스어, 스웨덴어 등 여러 유럽 언어에서 한국어로 또는 한국어에서 여러 유럽 언어로 옮기는 것부터 했다. 유럽 언어와 언어학을 전공한 덕에 다른 번역가들에게는 생소할 언어 질문에 왕왕 답해주곤 하는데, 번역할 텍스트에 온갖 고유명사나 다른 언어로 된 문장이 나오는 난감한 경우도 많기 때문이다. 그러다보면 나도 공부가 되고 상대방도 도움을 받으니 일석이조다. 그렇게 맺어진 인연 덕에 출판 번역과 언어 자문 일거리도 소개받아 발을 들였다.

요즘은 코로나 탓에 더더욱 고독한 은둔자 비스름하게 지내고 있는데, 10년 넘게 거래처든 동료든 느슨한 유대관계를 쌓지 않았다면 고독한 방랑자가 됐을지도 모르겠다. 다들 온라인에서 생긴 인연이다. 인터넷이 없으면 안 되는 21세기이지만 나 같은 프리랜서는 랜선 없었으면 정말 큰일날 뻔했다. 온라인이 우리 삶에 파고든 지도 20년을 훌쩍 넘어 30년이 되어간다. 매우 가늘고 느슨할 것 같은 그런 인연들이 365일 24시간 라인이 켜져 있는 이 시대에는 생각보다 뜻깊을지도 모른다.

다른 한편으로 SNS는 직장인보다 프리랜서에게 더 해로울 수도 있다. 출근하면 별일 없는 한 월급은 꼬박꼬박 챙길 수 있는 직장인과 달리 프리랜서는 말 그대로 시간이 돈이다. 그렇다고 해도 생산성만 따지는 삶은 너무 팍팍하다. 딴짓도 약간은 해야 기름칠이 돼서 부드럽게 굴러간다. 게다가 비록 느슨할지라도 네트워크 형성에도 도움이 된다.

그래도 트위터, 온라인 카페, 커뮤니티 등을 한꺼번에 하기는 버겁다. 지금 비교적 적극적으로 하는 온라인 활동은 페이스북밖에 없다. 게시물을 자주 올리지는 않는다. 가끔 우스갯소리나 말장난은 올려도 일상 이야기는 드물고 사진은 거의 게시하지 않는다. 자료 보관 또는 출판을 염두에 둔 글이 많아서 블로그와 비슷하다. 수시로 사회 이슈 얘기를 내뱉는 재미도 있겠으나 그런 걸로 존재감을 드러낸다는 착각에 빠지기도 십상이라서 웬만하면 자제하는 편이다. 글을 읽기만 한다면 내 머릿속에서 돌아가면 그만이니 그렇게 크게 수고가 들지는 않는데, 서로 반응을 주고받으려면 짬을 내서 품을 들여야 한다. 온라인 생활에서도 그런 상호 반응은 중요하지만 거기에 주안점을 두다가 자칫 균형을 잃기도 쉽다. 그래서 댓글도 자주 달지는 않는 편이다.

나는 뭔가를 안 하는 데서도 재미를 느낀다. 인간이 벌이는 활동은 발전으로도 이어지지만 지구상에 족적을 남기다가 상처까지 내게 마련이다. 굳이 나까지 나서서 이곳저곳 자국을 내지는 않으련다. 동네 산책을 하면서 남기는 발자국 정도면 족하다는 생각이다. 신선은 아니므로 무위를 할 수는 없으니 안 하는 것이 많고 하는 것이 적은 데 의의를 둔다. 일부러 효율성만 따지지는 않지만 내가 가진 에너지의 총량에 한계가 있기에 여러 군데로 흩뜨리지 않고 한군데에 모은다.

관심사를 최소한으로 둔다. 이를테면 부동산, 주식, 온갖 취미 생활에 큰 관심이 없다. 시시각각 쏟아지는 뉴스에도 약간 거리를 둔다. 주변을 통제 가능한 상태로 두고 통제 불가능한 변수를 줄이려는 차원이겠다. 군것질을 별로 안 하거나 술을 많이 안 마시는 성향도, 신경 쓰이는 습관 탓에 생기는 쓸데없는 목록을 막으려는 것이다. 물론 나라고 해서 나쁜 버릇이 없고 시간을 늘 효율적으로 쓰는 것은 아니다. 바로 그렇기 때문에 굳이 괜한 버릇을 하나 더 만들지 않으려는 것이다.

번역을 하거나 책을 읽다가 마주치는 언어들의 여러 양상으로 삼천포에 빠지다보면 시간 가는 줄 모른다. 예컨대 '생각이 짧다'라는 한국어 관용구가 인도네시아어와 노르웨이어처럼 서로 무관한 언어들 사이에서도 보인다든가, 각기 다른 독일어, 폴란드어, 노르웨이어의 음운적 양상에 공통점도 있기에 독일, 폴란드, 노르웨이 이민 후손이 많은 미국 위스콘신주의 사투리에서 영어 어말 유성마찰음 [z]가 무성음 [s]로 난다는 것을 발견하듯이 홀로 언어 우주여행을 즐긴다. 언어의 우주에서 만나는 복잡다단한 양태를 살펴려니 그 밖의 것들은 단순화할 수밖에 없다.

이빨없으면잇몸주의자의 잔재미

내 휴대전화는 올해로 13년째인데 원래도 주로 오는 전화를 받고 가끔씩 걸던 용도이던 걸 이제는 더더욱 안 쓰게 된다. 배터리가 금방 닳을 뿐만 아니라 충전은 나흘 넘게 걸린다. 두 개라서 적당히 버티긴 해도 전화가 많이 오면 한 개가 끝까지 충전이 안 된 채로 애매하게 있다가 둘 다 제대로 충전이 안 된 상태도 된다. 그래서 휴대전화는 주말에 거의 꺼놓고 평일에도 간혹 나도 모르게 저절로 꺼진다.

어딘가에 날마다 전화를 걸어서 연락을 취하거나 사람 만나는 일을 한다면 당연히 지금과는 달랐을 테지만, 매일 업무를 같이 하는 업체는 지메일, 아웃룩, 행아웃 메신저로 연락을 주고받고, 출판사 등은 다음메일로 연락하고, 페이스북에 연결된 지인은 메신저를 보낼 테니 큰 탈은 없다.

올 초에는 마침내 새 문제가 튀어나왔다. 문자도 딱히 잘 안 보내지만 '메일 보냈습니다. 고맙습니다' 정도만 답하는데 드디어 자판의 오른쪽 줄 369# 버튼이 먹히질 않는다. 잘 안 눌리긴 했는데 이제 아무리 세게 눌러도 안 된다. 그래도 어차피 용건만 간단히 응답하는 나로서는 아직 막대한 불편은 없다고 친다. 그간 보냈던 문자 메시지들이 저장돼 있으니까. 예, 알겠습니다. 보냈습니다, 고맙습니다, 계좌번호, 이메일 주소 등등.

드디어 스마트폰을 장만할 때가 서서히 다가오는 것인가. 하지만 내가 누군가. 마우스 없이 PC 키보드의 마우스키 조작으로 1년을 버티고 모니터 켜지는 데 걸리는 시간이 늘어져 결국 2시간이 넘어서야 갈기로 마음먹었던 오기의 사나이 아닌가. 물론 요새는 열심히 일해야 되니 이 정도까지는 아니다. 어쨌든 이빨없으면 잇몸주의자라서 휴대전화 때문에 아내와 친구들한테 가끔 타박도 받지만 괜히 쓸데없는 오기 하나쯤 두는 것도 잔재미 가운데 하나다.

이제 전화 걸기 자체는 스마트폰의 용도 중 일부일 뿐인데, 나는 카메라를 별로 안 쓰고 인터넷은 아이패드나 컴퓨터를 쓰면 된다. 1990년대는 삐삐 없이 보냈고 2010년대는 스마트폰 없이 지냈는데 다음 세대의 물건이 나오길 기다린다. 도저히 못 견딜 때까지는 버티다가 2020년대에 과연 스마트폰을 마련할지, 그걸 넘어서는 새 물건이 나올지 궁금하다.

어찌 보면 더는 못 입는 옷이나 버려도 되는 물건을 쌓아두는 이들하고 약간 비슷한 심리 같기도 해서 누구보고 따라하라고는 못하겠다. 모든 면에서 타인의 모범의 되는 삶을 살 필요는 없으니 이런 버그 하나쯤 있어도 나쁘진 않다. 삐걱거리긴 해도 굴러가는 전화라서 그것보다는 좀 나은 셈이긴 해도, 나 역시 어디 구중궁궐이나 첩첩산중이 아니라 하루가 다르게 획획 바뀌는 세상 속에 살다보니 이따금 불편을 느낄 때도 없지 않다. 마냥 쉬운 길만 좇아서 은근슬쩍 늘어지기보다는 약간 울퉁불퉁한 길을 걸으며 삶을 살짝 당겨주는 것도 내게는 소소한 자극제가 된다.

남들은 이런 일종의 기벽이 종종 신기하다는 투로 얘기도 한다. 반소비주의를 일부러 티내려고 그러는 게 아니냐는 장난스러운 의혹도 살짝 받는다. 가만히 생각해보면 일부러 하는 행위와 저절로 하는 것의 경계도 좀 모호한 게 많다. 적극적으로 환경운동 같은 걸 하지는 않지만 소비를 지양하는 나의 삶은 일종의 소극적 환경 운동으로 여겨질 수도 있겠다.

소비나 사치를 딱히 좋아하지 않는다고 남들에게 나를 본받으라는 식으로 얘기하긴 겸연쩍다. 어딜 나서거나 누구를 이끌기에는 너무 굼뜰뿐더러 나만 옳다고 확신하는 편도 아니라서 원래 누구한테 뭘 강요하는 스타일도 아니다. 돈도 써야 경제도 굴러가니까, 다들 적당히 알아서 하면 된다. 내 가족이 혹시라도 낭비를 일삼는다면 태클을 걸겠지만 딱히 그러는 이가 없으니 그럴 일도 없다.

소비를 별로 안 하는 것은 언어라는 큰 재미가 따로 있어서도 그렇지만 도전과도 약간 좀 비슷하다. 고작 이런 걸로 도전씩이나 한다는 티를 내자니 좀 무안하기도 한데, 남들은 에베레스트나 남극에 도전하고 나는 이런 것에 도전한다. 사실 나는 에베레스트는 딱히 갈 생각이 없으나, 남극이나 북극은 갈 생각이 조금 있는데 꼭 도전하겠다는 결심까지는 아니고 막연한 로망이다. 운 좋게도 EBS「세계 테마 기행」 출연을 계기로 노르웨이 북단에서 오로라도 구경했으니 근처까지는 간 셈이다.

여행을 잘 다니는 스타일은 아닌데 탄소발자국을 줄이고자 걸어서 대륙 횡단을 하겠다는 살짝 무모한 꿈은 이따금 꾼다. 아내는 듣기만 해도 무릎 관절이 쑤신다고 한다. 구체적이고 세세한 계획을 짜지는 않는다. 그날그날 해치울 일은 그냥 머릿속에 들어 있고 장기 계획은 큰 그림만 있다. 그렇다고 되는대로 사는 것은 아니고 미리부터 따져봐야 다 되진 않기 때문이다.

운동 삼아 나갈 때 말고는 외출을 별로 안 한다. 볼일 있어서 나갈 때도 걸어서 30~40분쯤 걸리는 4킬로미터 안쪽은 웬만하면 걸어간다. 원뜻이 '아침 커피'인 브라질 포르투갈어 '카페다마낭 café-da-manhã'은 아침 식사를 일컫는데, 아침에 종종 사 먹는 커피 랑 샌드위치나 디저트가 나의 유일한 사치인 셈이다. 아무튼 휴대 전화는 고장이 나지 않는 한 쓰는 거고 집에서만 작업하며 아이 패드도 있으니 스마트폰은 아직 필요를 못 느끼고 잘 지낸다.

세계 여러 나라의 언어, 문화, 사회를 서로 비교하는 것은 즐기 지만 남들 개개인과 나를 비교하려 들지는 않는다. 타인의 인생에 객관식 시험처럼 점수를 매기며 우월감과 열등감에 젖느니 내 과 거와 현재를 견주어 개선을 도모하는 게 낫다. 내가 소유하지 않 은 것으로 설혹 불편이 얼마간 생긴다손 쳐도 마치 손톱 옆에 생 기는 거스러미나 찬바람이 부는 계절이면 살짝 갈라지는 발뒤꿈 치처럼 그때그때 깎거나 로션을 발라주면 되는 정도다. 나는 안락 을 배제하고 극기를 하는 도인은 아니다. 관리가 가능한 영역 안 에서 움직일 뿐이다.

번역은 컨트롤의 행위

번역은 관리나 통제와도 연관된다. 또한 적어도 두 개의 언어를 비교하고 대조해야 된다. 기존 역본이나 다른 언어의 번역을 참고할 수도 있다. 이 언어에서 저 언어로 옮겨놓는다고 번역이 되는 게 아니다. 어휘, 문장, 문체를 여러 층위에서 통제해야 된다. 아이의 말과 학술서 문체가 다르듯, 장르나 톤을 안 따지고 마구잡이로 옮겨서는 곤란하다. 원작이 썩 마음에 들지 않는다고 원문에서 한량없이 벗어나거나 한껏 윤문하려는 충동도 억제해야 좋다.

독일어 문서를 처음으로 번역하던 20년 전 '콘트롤레Kontrolle'를 마주쳤을 때, 어원이 같은 영어 '컨트롤control'의 뜻인 통제, 억제, 제어, 지배, 관리 등으로 생각하고 옮겼다. 그런데 읽다보니 찜찜했다. 영어 '컨트롤'과도 뜻은 겹치지만, 독일어 '콘트롤레'는 검사, 시험, 점검 등을 뜻할 때가 많다.

영어 '컨트롤 그룹control group'을 '대조군'으로 일컫는다는 것도 처음에는 와닿지 않다가, 실험 설계에서 실험 효과를 유추할 수 있도록 실험군과 대비되어 조건이 통제된 집단이라는 것을 알고 컨트롤의 여러 의미가 확실히 다가왔다.

통제, 대조, 시험 등은 언뜻 크게 관계가 없는 듯해도 가만 보면 다 이어진다. 영어 '컨트롤', 독일어 '콘트롤레', 프랑스어 '콩트롤

contrôle'의 어원인 중세 프랑스어 'contrerole'은 대조contre+명부role의 얼개로서 원본과 비교되는 사본을 뜻한다. 대조-검사-감독-제어-억제-통제로 뜻이 진행됐다. 이렇게 번역이라는 행위가 이 '컨트롤'의 어원과 의미에 다 들어맞는다.

번역이 창작의 일환이라고는 해도 번역이 아닌 번안이나 각색의 영역으로 넘어갈 게 아니라면 원문이라는 틀을 벗어나는 것이 바람직하다고 보기는 힘들다. 번역이 끝나면 다시 원문과도 대조하고 역문 자체도 검사하고 점검한다. 이 과정은 역자 혼자서도 하고, 편집자나 교정자와 함께 하면 일종의 교차확인cross-check인데, 체크check도 대조, 검사, 점검, 억제, 견제의 뜻이 있다. 프리랜서는 일상과 일이 뒤섞일 때가 많다. 완벽하지는 않더라도 어느 정도는 체크무늬처럼 구획을 나눠야 좋다.

스스로 잘 굴러가려면 자기 관리가 관건이므로 자제력self-control도 요구된다. 원래 환경적인 면에서도 물자를 낭비하지 않으려는 편이다. 물건 소유에 큰 의미를 두지 않아서도 그렇고, 내 활동에도 돈이 거의 들지 않는다. 걷기, 달리기, 팔굽혀펴기, 턱걸이 모두 바깥에서나 집에서 그냥 하면 된다. 어쩌다 며칠 운동을 안 하면 슬슬 늘어져 그런 나태함이 기분 좋아지는 단계에 접어든다. 운동 습관을 잡기는 어려워도 놓기는 쉽다. 나태함은 잠깐만 즐기고 마음을 다잡으면 다시 탄탄해지는 몸을 느끼면서 또 다른 방식으로 상쾌해진다. 이런 절약 및 맨몸운동은 맥락을 같이한다. 둘 다 '셀프컨트롤'이다. 남들이 하는 것이나 유행에 휩쓸리지 않으려고 늘 스스로를 다잡는 컨트롤이 아니고 내 리듬에 맞게 '놓아두고 잡아두고'를 통제한다.

매우 부지런하고 성실한 프리랜서는 일이 많이 들어오는데, 원하는 대로 조절이 되진 않는다. 한동안은 일이 없다가 한동안은 몰려오기도 한다. 그러다보면 들어오는 대로 받기 십상이라 그러다가는 일에 파묻혀 있다가 오히려 빵꾸만 내고 건강도 망가질 수가 있다. 그러니 애초에 게으름을 피우면 그럴 일이 없다. 따지고 보면 그게 나한테 맞는 전략이다. 꼼꼼하거나 치밀하지는 못해서 계산을 하고 그렇게 된 것은 아니다. 나도 욕심이 없지는 않아서 대개는 일단 받고 본다. 까딱하다가는 한 치 앞도 못 보고 일을 그르친다. 게으름은 욕심과 이로 인해 생길 탈을 통제하는 데도 효과적이다.

내가 욕심을 부리는 게 하나 있다면 언어 공부일 것이다. 여러 언어를 익힌 것은 물론 써먹으려고 했던 마음이 전혀 없던 것도 아니지만 그냥 몸과 마음이 그쪽으로 갔고 잘 써먹게 됐는데 그게 결국 나의 자산이 됐다. 쓸모만 따졌다면 재미를 못 느꼈을 텐데, 쓸모와 재미라는 두 마리 토끼를 잡는다 치면 재미를 먼저 잡아야 쓸모도 잡히는 게 아닌가 싶다.

인공지능을 통한 기계번역이 워낙 발전해 번역가가 위협받는다는 전망이 있다. 실은 모든 직종이 당장은 아니더라도 어느 정도는 영향을 받을 것이다. 일본어-한국어 번역은 여러 이유로 더욱 개선될 테고 독일어, 프랑스어, 스페인어, 러시아어, 중국어는 아직 미흡해도 연구나 자료가 많으니 머지않아 영어-한국어 번역 수준에 근접할 것이다. 언젠가 동료 번역가들에게 우스갯소리를 했다. 미래 대륙 아프리카의 스와힐리어, 하우사어, 링갈라어, 줄루어, 암하라어, 소말리어 중 하나를 배우라는 농담이었다. 이들 언어는 텍스트가 적은 축이므로 현실적으로는 사용자 및 텍스트 생산도 많고 앞으로 늘어날 아랍어, 터키어, 페르시아어, 힌디어, 태국어, 베트남어, 인도네시아어가 유망하겠다. 어순이 한국어와 비슷한 터키어를 알아두면 같은 투르크어인 알제리어, 투르크멘어, 우즈베크어, 카자흐어, 키르기스어에 다가가기도 쉽다. 그래도 한동안 영어를 비롯한 주요 언어 번역 일이 많을 테니 이 전망을 너무 믿으면 안 되지만 속는 셈 치고 달려들었다가 성공하거든 내게 한턱 쏘고 복을 받기 바란다.

덴마크어 공부를 할 때 재미있던 표현 하나는 '좋아하다'를 뜻하는 '쿨리kunne lide'였다. 동사 '리데lide'는 '시달리다/견디다', 조동사 '쿠네kunne'는 '할 수 있다'이므로 글자 그대로는 '견딜/참을 수 있다'를 뜻한다. 그러니까 뭔가/누군가를 좋아하려면 싫은 것도 적당히 견뎌야 된다는 혹은 뒤집어 말하면 싫은 것도 적당히 견뎌야 좋아하게 된다는 아주 깊은 뜻 같다. 두 낱말이 뭉쳐 한 덩이가 되면서 발음이 축약되는 것도 재미있다.

그런데 영어도 like와 love가 다르듯 덴마크어도 kunne lide와 '엘스케elske'가 다르다. 그러니까 좋아하면 싫은 것도 견디지만 사랑하면 싫은 걸 못 견딘다고 풀이할 만도 하다. 감정 상태를 따져보면 '좋아하다'는 비교적 잔잔한 반면 '사랑하다'는 몹시 격하다. 두루두루 좋아할 수는 있어도 두루두루 사랑할 수는 없다. 사랑이 깊으니까 모든 걸 견디는 것 같은데 어쩌면 그게 아닐지도 모른다. 꼭 사랑이 깊어야 늘 더 좋다는 것도 아니고.

프랑스어 '에메 비앵aimer bien'은 글자 그대로는 '잘 사랑하다'이지만 격정적인 사랑이 아닌 '좋아하다'의 뜻이다. 그러니까 '잘 사랑하다'는 감정의 깊이가 그냥 '사랑하다'보다 더해야 될 것 같은데 실은 덜하다. 가만 보면 사랑한다고 날뛰는 어느 순간이 값지기도 하겠으나 넓게 멀리 보면 그윽이 좋아하는 게 오히려 잘 사랑하는 것일지도 모르겠다.

열정만으로 먹고살기는 어렵다. 엄청난 대가나 천재라면 될지 모르겠으나 어쨌든 나는 그렇지 않다. 잘하는 일보다는 좋아하는 일을 해야 행복하다거나, 으뜸가게 좋아하는 것을 직업으로 삼으면 되레 싫어진다는 얘기도 있다. 내가 가장 좋아하는 것은 언어

를 가지고 놀기이지 그걸로 밥벌이하기는 아니므로 버금가게 좋아
하는 일을 식업으로 삼았으니 잘된 것이라고 치자. 언어는 내 소유
물도 아니고 마음대로 통제가 안 되기에 내가 견뎌야 할 무엇이다.
견딜 수 있을 만큼 언어를 좋아하고 잔잔하게 잘 사랑할 것이다.

나는 춤을 출 때는
춤을 추고
잠을 잘 때는
잠을 잔다

노명우
사회학자

나는 사회학자다, 그리고 대학교수이자 동시에 글을 쓴다

당신이 누구냐고 누군가 물으면 주저하지 않고 사회학자라고 답한다. 의대에 갈 생각으로 고등학교 때 이과를 선택했으나, 사회학이라는 학문에 호기심을 품고 있음을 뒤늦게 발견하고 재수를 거쳐 사회학과에 진학한 이래 지금까지 단 하루도 사회학의 범위를 벗어나지 않았으니, 사회학자라는 호칭은 이름보다 나를 더 잘, 그리고 더 많이 설명해준다.

사회학자도 먹고살아야 하니 직업이 있어야 한다. 내 직업은 대학교수다. 대학에서 사회학을 가르치며 월급을 받고, 그 월급으로 삶을 꾸려나간다. 나는 글을 쓰고 쓴 글을 책으로 출판함으로써 세상과 교류한다. 이로써 사회학자인 나는 대학교수라는 직업 정체성과 더불어 글을 쓰고 글을 통해 세상과 교류하는 작가라는 정체성으로 분화된다. 교수와 작가라는 하위 정체성은 성격이 좀 다르다. 그 두 하위 정체성은 간혹 서로 충돌한다.

사회학자의 하위 정체성인 대학교수라는 직업은 내게 경제적 안정성을 보장해준다. 특별한 일이 없는 한 정년 때까지 이 직업을 유지할 수 있다. 세상 모든 일이 그러하듯 대학교수라는 직업에도 남들이 알지 못하는 그늘이 있다. 대학교수는 고용안정성이 매우 높은 드문 직업이지만, 직업활동은 남들이 막연하게 생각하는 것처럼 완전히 자율적이지는 않다. 내가 언제 쉬고 언제 일할 것인지는 대학의 학사력이 결정한다. 나의 자율성은 수업시간표를 결정하고 가르칠 과목을 결정하는 정도로만 제한되어 있다.

사회학자인 나의 또 다른 하위 정체성인 작가는 다르다. 직업 안정성은 매우 낮다. 책을 팔아서 받는 인세는 대학교수 월급에 한참 못 미친다. 직업에 대한 세간의 평가, 즉 사회적 위신 면에서도 작가의 사회적 위신은 대학교수의 사회적 위신을 앞선다고 할 수 없다. 일종의 승자독식 방식으로 작동되는 세계라 잘나가나는 작가는 아주 잘나가는데 그런 작가는 한국에서 열 손가락 안에 꼽을 정도로 소수이며, 대다수의 작가는 그럼에도 불구하고 글쓰기를 포기하지 않는 집념과 끈기로 무장해야 한다. 그런데 나는 작가라는 하위 정체성을 매우 사랑한다. 대학교수라는 하위 정체성에서는 맛볼 수 없는 만족감이 있기 때문이다. 작가로서의 나의 시간은 오로지 내가 결정한다. 대학교수로서 직업활동을 할 때 나는 자율성을 훼손당하는 경험을 심심찮게 하고, 직업 업무를 수행하기 위해 자율성을 양보해야 하는 순간도 생기지만 적어도 작가라는 정체성 영역 안에서 나는 완전히 자율적이다. 나는 작가인 한 자율적 정체성의 화신이자 자율적 정체성으로 삶을 온전히 채우려 했던 몽테뉴의 후예가 될 수 있다.

이 글은 지금까지 한 번도 드러내지 않았거나 남들이 목격하지 못했던 나만 알고 있는 홀로 작업하는 그 세계에 관한 기록이다. 이 글은 교수이지만 동시에 작가(단행본을 쓴다는 의미에서)인 내가 작가로서 홀로 어떻게 나를 관리하는가에 관한 이야기다. 대단한 삶에 대한 통찰이나 일을 해치우는 비법이 담겨 있진 않다. 그저 내가 일하는 방식에 대한 덤덤한 서술인데 단지 이 글을 읽는 사람이 자기 방식으로 내 방식을 응용하거나 자신만의 방식을 계발하는 데 도움이 되기를 기대할 뿐이다.

자연인 노명우는 남들과 다르지 않다

나는 평범한 사람이다. 내 일상을 글로 적을 만한 특별한 내용이 없을 정도로 평범한 일들의 반복이다. 직업 노동을 하고 집에 오면 세수를 하고(물론 귀찮으면 생략하기도 하지만, 코로나 이후로 귀가 후 손씻기는 습관이 되었다) 저녁을 먹는다. 저녁은 가급적 집에서 해 먹는 원칙을 지키려 하지만 누구나 그러하듯 알 수 없는 이유로 (라고 쓰지만 귀찮음이라는 매우 분명한 이유로) 밥하기가 싫으면 나가서 사 먹거나 배달 시켜 먹는다. 그리고 텔레비전을 보며 낄낄댄다. 텔레비전에서 볼 게 없으면 기필코 볼 만한 것을 찾아낸다. 텔레비전에서 볼 만한 것을 찾아내지 못하면 유튜브나 넷플릭스를 보다가 SNS로 넘어간다. 그러다가 자기 전 좀 너무한다 싶어 책을 잠깐 읽기 시작하지만 SNS가 너무 재미있어 결국 책을 덮고 SNS에 실없는 농담을 포스팅하고 타인들이 나에게 좋아요!를 몇 개나 선물하는지 부질없이 지켜보다가 잠이 든다. 이런 하루하루가 쌓여 나의 삶이 된다.

그런데 이렇게 하루를 보내노라면 나도 모르게 머릿속에서 사회학자라는 정체성이 고개를 든다. 자연인 노명우는 적어도 집에서는 사회학자의 정체성이 고개를 들지 않기를 바라지만, 사회학자의 정체성은 예고도 없이 자연인 노명우의 삶에 침투한다. 그리고 자꾸 말을 걸면서 자연인 노명우를 꼬드긴다. "그런 주제로 글을 써야 하지 않겠어?"라고. 그 꼬드김을 몇 번이나 내치지만 결국 자연인 노명우는 사회학자 정체성의 유혹에 굴복한다. 그리고 결심한다. 글을 써야겠다고. 이제 오랜 기간 쉬고 있던 작가로서의 정체성이 다시 등장한다. 새로운 책 쓰기가 시작된다. 자연인 노명우는 작가 노명우로 바뀌어야 한다. 일상적인 나를 글 쓰기에 최적화된 나로 재구성해야 하는 순간이 다가온 것이다.

글을 쓰기 위해 나는 나를 어떻게 재구성하는가

글을 쓰면 그 글은 책으로 가공되어 서점과 도서관에서 자리를 차지한다. 책은 공적으로 세상과 교류하는 형식이다. 이런 점에서 글을 쓰는 나는 매우 공개되고 사회적인 활동을 하는 사람이다. 그러나 훤히 공개적이고 사회적인 듯 보이는 이 활동 속에 철저하게 사적이고 개인적이며 알려지지 않은 활동이 숨어 있다. 글쓰기는 사적이고 개인적인 공간에서의 활동이다. 남들에게 공개되는 것은 이 사적이고 개인적이며 숨겨진 활동의 결과인 책이지, 그 결과물이 만들어지는 과정은 밖으로 드러나지 않는다.

글을 시작하기 전에는 나는 평범한 사람이고, 공적인 관계에 노출되어 있는 사람이고 편집자와 아이디어를 교환하는 상호작용에 적극 참여해야 한다. 글을 쓰기 전, 글쓰기를 준비하기 전까지의 스트레스는 고독감이 아니라 오히려 과잉 사회적 교류가 원인이다. 글을 쓰기 시작하면 해결해야 할 과제의 성격이 바뀐다. 나는 나를 철저하게 그 과정에 맞춰 재구성해야 한다. 나를 재구성하지 않으면 글을 마칠 수 없다. 글을 쓰기 전까지 편집자는 훌륭한 파트너이지만 막상 글을 쓰기 시작하면 모든 게 내 몫이다. 어느 누구도 나를 도와줄 수 없다. 이제 협력의 시간은 끝난다. 가장 고독하고 철저한 나만의 시간, 그래서 자유롭지만 두렵고 쉽지 않은 시간이 시작된다.

글을 쓰는 일은 세상에서 가장 자율적인 활동이다. 편집자는 내 원고를 기다리고 있으나 편집자는 기다릴 뿐 글쓰기를 대신해줄 수는 없다. 독자는 혹시라도 내 글을 기다리고 있을지 모르나, 독자는 내가 완성한 글을 읽어줄 뿐 그들 역시 대신 글을 써줄 수는 없다. 글쓰기를 춤에 비유하자면 혼자 추는 춤인데 아무리 혼자서 추는 춤이라도 막춤은 출 수 없다. 혼자 신나게 출 춤의 적절한 안무 지침이 필요하다. 나는 세 가지 지침에 따라 새 춤의 안무를 고안한다.

제1단계 지침: 도달하고자 하는 목표에서 욕심을 걸러낸다

새로운 책을 쓰기 시작했다. 당연히 새로운 목표가 있어야 한다. 이미 출간된 책을 쓸 때의 목표를 새 책의 목표로 재활용할 순 없다. 자기복제를 할 생각이라면 책을 더 이상 안 쓰는 게 맞다.

새로운 목표를 세우다보면 은근슬쩍 욕심이 목표에 끼어든다. 예를 들면 이런 것이다. 이제 쓸 책을 통해 사회의 이목을 끌고 초대형 베스트셀러가 되어 내친김에 세계적인 명성을 얻는 작가가 되고 싶다. 새 책을 쓰기 시작하면서 이런 욕심을 잠깐이라도 품어보지 않은 사람이 어디 있겠는가. 나도 마찬가지다. 지금까지의 모든 서러움을 이 책이 단번에 보상해주리라는 백일몽도 꾼다. 물론 새 책을 시작하는 단계이니 "이 책 역시 지금까지의 다른 책들처럼 시장에서 주목받지 못할 것이다"라고 미리 자학할 필요는 없다. 지금은 에너지가 필요한 단계다.

꿈과 목표는 다르다. 정말 좋은 책을 쓰고 싶다는 꿈이 없다면 글을 쓸 동력을 자기 내부에서 발견하지 못한다. 그래서 꿈을 꿔야 하고, 꿈은 언젠가 실현될 수 있으리라 믿어야 한다. 하지만 분명히 해야 한다. 꿈은 실현되지만 지금 당장은 아니다. 꿈이 실현되는 순간은 '언젠가'이지 지금은 아니다. 목표는 언젠가 이뤄질 꿈이 아니라 이 책을 통해 내가 해낼 수 있는 현실적인 그리고 도달 가능한 것이어야 한다. 에너지를 얻기 위해 잠시 꿈을 꾸지만, 재빨리 그 꿈에서 깨어나 도달 가능한 목표로 그 꿈을 하향 조정해야 한다.

꿈을 현실적 목표로 하향 조정한다고 해서 목표 자체가 반드시 소박할 필요는 없다. 겸손은 타인을 배려하거나 타인을 무시하지 않는 태도이지, 어느 작가도 자신의 목표에 대해서 겸손해서는 안 된다. 아니, 자신이 새 책을 통해 달성하고 싶은 목표가 겸손하다면 이미 작가라고 할 수 없다. 목표는 결코 겸손해서는 안 된다. 설정한 목표는 결코 겸손하지 않지만, 목표에 여전히 꿈을 꾸면서 허황된 욕심이 끼어들지 못하도록 하는 것, 그건 전적으로 내 몫이다. 이 단계에서 나는 언젠나 "너 자신을 알라"를 지침으로 삼는다.

편집자는 작가가 자신을 과대평가하기 쉬운 말을 무수히 남긴 채 계약서에 도장을 찍게 하고 사라진다. 작가가 계약서에 도장을 찍게 하기 위해 편집자는 무수히 많은 달콤한 말을 내던진다. "이 분야에서는 선생님이 최고잖아요!" "선생님 말고는 이런 글을 쓸 수 있는 분이 없어요." "선생님을 염두에 두고 이런 기획을 했어요!" 편집자 입장에서 이런 칭찬은 작가가 계약서에 서명하고 난 후 집필의 동력을 잃지 말라는 차원에서 보낸 격려다. 계약을 체결했고 이제 그 계약에 따라 새 책을 쓰기 시작했다면, 편집자가 격려 차원에서 혹은 원고 독촉 차원에서 한 '내 귀의 캔디'와 같은 달콤한 말은 다 잊어야 한다. 혹시라도 목표를 세우면서 편집자가 격려와 독촉의 차원에서 던진 말을 사실이라고 믿고 있었다면, 내가 세운 계획은 계획이 아니라 욕심의 집합체에 불과하다. 모든 달콤한 말은 다 잊어야 한다. 편집자의 달콤한 말이든, 팬을 자청하는 사람의 과장된 말이든. 그 어떤 것도 집필 목표를 세우는 데 도움이 되지 않으며 오히려 치명적인 독이 될 수 있다.

제2단계 지침: 가장 적합한 몸 상태를 유지한다

글쓰기는 정신노동이지만, 이 정신노동은 매우 특이하게도 육체노동의 성격도 지닌다. 글쓰기는 창조적인 구상과 지루하고 반복적인 실행이 완벽하게 분리되지 않는 과정이다. 글쓰기는 구상과 실행을 모두 요구한다. 글의 구상을 위해 필요한 자료를 찾고 그 자료를 읽고 그 자료로부터 쓰려고 하는 글과의 연관성을 찾아내는 일은 내 몫이다. 필요한 자료를 찾기 위해서는 번뜩이는 착상이 필요한 게 아니라 엉덩이가 아프도록 어깨 근육통이 생기도록 구글링을 해야 하거나 다리가 아프도록 서점과 도서관의 서가를 뒤지는 일이 요구된다.

글쓰기는 신체의 특정 부위를 혹사하고 신체에 악영향을 끼치는 특정한 자세를 반복해야만 하는 고통의 시간을 요구한다. 200자 원고지 2000매에 달하는 장편 글쓰기를 하려면 원고지 2000매를 흥미진진한 내용으로 채울 수 있는 스토리텔링의 능력에다 2000매라는 원고가 완성되기 위해 절대적으로 요구되는 단순 반복 육체 혹사의 노동과정을 거쳐야 한다. 행여 당신이 원고지 2000매를 채울 만한 기발한 생각을 갖고 있다 하더라도, 그 생각이 물질화되려면 원고지 2000매를 채우는 데 요구되는 육체 혹사의 시간을 견딜 체력이 있어야 한다.

200자 원고지 10매 분량의 칼럼을 쓴다면, 10매 분량의 칼럼을 쓰기 위해 요구되는 절대적인 단순 반복의 시간을 보낼 체력이, 원고지 50매의 에세이를 완성하려는 목표를 세웠다면 10매의 칼럼을 완성할 때보다 더 요구되는 강한 인내력을 감당할 수 있는 신체 상태를 유지해야 한다. 원고지 1000매가 넘는 장편 글쓰기라면 10매 분량 칼럼이나 50매 분량의 에세이를 쓰는 단거리 경주가 아니라 마라톤이 시작되어야 한다는 뜻이다. 100미터 달리기를 하는 선수의 체력 관리와 마라톤에 참가하는 선수의 체력 관리 방법이 달라야 하는 것처럼, 장편 글쓰기는 자신에게 가장 적합한 영양 섭취, 자신에게 가장 적합한 휴양 방법에 대한 계획 없이 이뤄질 수 없다. 나는 보통 장편 글쓰기를 할 때 맛있게 먹는 음식에 들어가는 비용과 스트레칭 및 목욕을 위한 시간을 아끼지 않는다. 그리고 당연히 책상 가장 가까운 곳에 언제든 스트레칭을 할 수 있는 요가 매트와 팔다리의 근력 유지를 위한 아령을 둔다.

제3단계 지침: 적절한 기후와 환경을 찾아낸다

목표에서 욕심을 제거했고, 지루한 과정에서 소모되는 에너지를 충전할 수 있도록 영양을 섭취했으며 체력 관리를 통해 글쓰기에 적합한 신체 상태를 만들어냈다 하여 글 쓰기가 일사천리로 진행되지는 않는다. 신체를 돌보는 것 이상으로 자신의 정신을 돌보는 것이 요구된다. 바디 프로필 사진을 찍기 위해서가 아니라 글을 완성하기 위해 신체를 돌본 것 아닌가? 신체를 돌본 그 마음과 정성으로 나는 나의 정신을 돌본다.

분명 사람마다 유독 글이 잘 써지고 글쓰기에 몰입할 수 있는 고유한 환경이 있다고 믿는다. 나 또한 그렇다. 많은 실패를 거듭하고 시간을 낭비한 끝에 나는 내 정신이 글을 쓰는 환경에 매우 민감하게 반응한다는 것을 알게 되었다. 이유는 설명할 수 없지만 내 뇌가 가장 활성화되는 기후적 특징도 귀납적으로 알게 되었다. 글쓰기 구상을 할 때 내 뇌는 조용한 도서관보다는 사람이 적당히 있고 소음이 있는 곳에서 활성화된다. 가장 많은 아이디어가 떠오르는 환경은 지하철과 카페다. 작은 규모의 카페보다 나는 사람들을 구경할 수 있는 넓은 카페의 구석진 곳에서 쉽게 아이디어가 떠오르곤 한다. 자신의 이런 패턴을 아는 것을 매우 중요하다. 지하철에서 언제고 착상이 떠오를 수 있고, 마침 착상이 떠올랐는데 붐비는 지하철에서 서 있을 경우가 많으니 그 착상을 기억하기 위해 스마트폰의 메모장을 사용한다. 이 경우 스마트폰은 글쓰기의 훼방꾼이 아니다.

착상과 그 착상을 문장으로 만드는 과정은 다르다. 약간의 소란스러움은 착상에 도움이 되지만 착상을 문장으로 옮기는 과정에서 나는 소음에 민감하다. 이 단계에서는 내가 소란함을 통제할 수 있는 장소가 글쓰기에 적합하다. 카페에서는 내가 소음을 통제할 수 없기에 착상을 카페에서 얻었다면, 착상을 문장으로 만들어야 하는 단계에서는 내 집의 책상이 최고의 장소가 되어준다. 쓰고 있는 글의 분위기에 가장 어울리는 혹은 쓰고 있는 글이 지향하는 분위기에 가장 근접한 음악을 선정하고, 때로는 크게 때로는 작게 내 정신 상태에 따라 볼륨을 조절하며 음악을 듣는 와중에 문장을 쓰려면 나만의 공간이 절대적으로 필요하다. 나는 어떤 책은 바흐의 〈무반주 첼로 모음곡〉을 무한 반복으로 들으면서 썼고, 어떤 책은 엔리오 모리코네의 〈시네마 파라디소cinema paradiso〉처럼 읽히기를 기대했고, 쇼스타코비치의 교향곡을 내내 들으면서 쓴 책도 있다. 자신이 쓰고 있는 글에 가장 어울리는 음악을 찾아내는 것은 내 영혼을 돌보는 최상의 방법이다.

나는 어떻게 내 글을 마무리하는가

계획에서 욕심을 제거하고, 글 쓰기를 위한 몸을 준비하고 내 정신을 돌보기 위해 최선을 다해도 완성을 향해 가는 동안 개입하는 온갖 방해 요소를 물리치지 못한다면 글은 결코 완성되지 않는다. 쓰는 글의 완성을 위해 나는 언제나 "나는 춤을 출 때는 춤만 추고, 잠을 잘 때는 잠만 잔다"는 몽테뉴의 말을 지침으로 삼는다. 적어도 글을 쓰는 동안은 글만 쓸 수 있도록 나를 관리한다.

"춤을 출 때는 춤만 추기 위해" 에너지가 손상되는 일에 말려들지 않고 기분을 그르칠 체험이나 만남을 회피하는 것도 한 가지 방법이다. 사교를 좋아한다면 글 쓰는 일은 하지 말아야 한다. 글을 쓴다는 것은 기본적으로 불필요한 사교와 거리를 둔다는 뜻이다. 물론 사교와 거리두기는 절대적이지 않다. 사교와 거리두기는 "춤만 추기 위해서"이지 세상으로부터 나를 고립시키기 위해서가 아니다. 적어도 "춤을 출 때는 춤만 추기" 위해 불필요한 세상과의 사교로부터 거리를 둘 수 있는 용기, 그리고 그 이유로 제한적으로 사교와 거리를 두고 있음을 이해할 수 있는 사람을 친구로 두면 된다.

시작이 어려운 것만큼이나 글을 끝맺는 것도 어렵다. 아니, 시작할 때는 완성된 글의 구체적인 형태를 모르니 용감하게 덤벼들지만 끝을 맺으려 하면 시작할 때의 용기가 사라져 있다. 글은 분명 고칠수록 더 좋아진다. 글 쓰는 사람은 그것을 잘 알고 있다. 시간을 많이 들여 고치고 또 고치는 것 외에 좋은 글을 쓰는 다른 비법은 없다는 것을. 그것을 알고 있는데도 글은 언젠가 끝맺음을 해야 한다. 언제 끝낼 것인지 결정하는 것도 전적으로 내 몫이다.

오늘 편집자에게 글을 보낼 것인가, 아니면 한 달간 나를 더 관리하며 이 글을 고치고 또 고칠 것인가? 편집자는 글이 얼마만큼 완성되었는지 알지 못한다. 편집자는 원고를 기다리고 있다. 빨간 펜을 들고 원고를 검토할 편집자의 얼굴, 이 상태로 원고가 책이 되어 세상에 출간되었을 때 쏟아질 수 있는 악평 등을 생각하면 오늘 원고를 보내면 안 될 것 같다. 하지만 그 원고를 끌어안고 죽을 생각이 아니라면 그 원고를 떠나보내야 한다. 중단을 결심하는 그 순간 내겐 용기가 필요하다. 그리고 원고에서 손을 떼지 못하고 고민한 이유도 살펴봐야 한다. 대개는 나의 현재적 한계를 인정하지 않으려는 강력한 부인이 원인이다.

나는 원고를 끝낼 시점을 결정하기 위해 타인과 나를 비교하지 않는다. 타인과 비교한다고 해보자. 타인과 비교해서 도달할 수 있는 감정은 단 두 가지다. 남들보다 잘 썼다는 우쭐함을 얻을 수 있다. 이 우쭐함은 나의 적이다. 이 우쭐함은 내 원고의 티를 발견하지 못하도록 내 눈을 멀게 한다. 우쭐함은 나를 맹목적으로 만든다. 남들보다 못 썼다고 자평할 경우 우쭐함과 동전의 양면을 이루는 우울함에 빠질 수도 있다. 우울함은 원고를 완성하는 데 필요한 에너지를 좀먹는다. 우쭐함에 취해 내 원고의 티를 발견하지 못하는 어리석음과 자책성 우울함에 빠져 키보드가 아니라 술잔을 손에 쥐는 한심함을 범하지 않기 위해 나는 오로지 과거의 나와 현재의 나를 비교한다. 지금 내가 마쳐야 하는 원고가 이전에 세상에 내보낸 원고보다 단 한 가지 면에서라도 나아진 점이 있다면 그것으로 충분하다. 일을 마무리할 때 나의 현재적 한계를 승인한다. 그리고 다음 글은 현재적 한계 때문에 결코 만족할 수 없는 지금의 글보다는 더 나아질 것이라 믿는다. 그리고 결심한다. 다음 작업은 더 잘하겠다고. 이렇게 글쓰기는 끝난다.

글쓰기가 끝나면 나는 다시 상호작용의 세계로 들어간다. 편집자는 피드백을 보낸다. 원고는 수정된다. 수정된 원고가 책으로 가공되어 세상으로 나가면 독자는 내 글에 갖가지 방식으로 반응한다. 나는 그동안 유예했던 자연인 노명우의 삶으로 돌아가 사교도 하고 텔레비전도 보고 몸을 탕진하기도 한다. 그러다 어느 날 자연인의 삶이 지루해지면 다시 춤을 추고 싶어질 것이다. 마침 뜻 맞는 편집자를 만나고 그 편집자가 나를 과대평가하는 말로 자극을 주면 다시 춤을 추고 싶어질 것이며, 또다시 여러분에게 소개한 이 사이클이 반복될 것이다.

연습 가는 길

리우진
연극배우

이번 주는 공연 연습이 오후 2시부터다. 아침에 눈을 뜨자마자 간편하게 옷을 걸쳐 입고 담배를 챙겨 밖으로 나간다. 아파트 흡연 구역으로 가서 담배를 한 대 피운다. 아침에 일어나자마자 공복에 담배를 피우는 건 건강에 좋지 않다고 들어서 괜히 마음이 찜찜하기는 하다. 딱히 담배가 당기고, 니코틴이 부족해서는 아니다. 잠을 깨우기 위해서다. 이렇게 일단 밖에 한번 나오면 다시 잠자리에 들어가고자 하는 유혹을 조금 이겨낼 수 있다. 화장실에 가서 큰 볼일이라도 보게 되면 잠은 완전히 달아난다. 어제 연습 끝나고 팀원들과 마신 술 때문에 조금 피곤하긴 해도 못 견딜 정도는 아니다. 이 정도면 충분히 걸을 수 있다.

집에 들어가서 아침을 차린다. 그래봤자 라면. 혹자들은 왜 아침부터 라면을 먹느냐고 별 도움도 안 되는 타박을 하지만 아침부터 라면을 먹으면 안 된다는 법도 없지 않은가. 게다가 딱히 해장할 만한 먹거리도 없는 때에 라면은 훌륭한 대안이다. 모닝 라면을 끓여 먹고 샤워를 하고, 걷기 편한 트레이닝 바지를 입는다. 가방 안에는 갈아입을 티셔츠 한 장과 수건도 두 장 넣는다. 자, 오늘부터는 걸어서 연습실에 가는 거다. 사당동 우리 집에서 대학로 연습실까지 걸어가면 약 2시간 30분이 걸린다. 동작대교를 건너는 데까지가 약 1시간, 동작대교에서부터 대학로까지가 약 1시간 30분. 그런데 동작대교를 건너는 일은 지루하기도 하고 강바람 때문에 춥기도 하고, 또 자살 충동 같은 이상야릇한 상념이 찾아들기 때문에 몇 번 걸어서 건넌 다음에는 다시 시도하지 않는 편이다. 내가 주로 애용하는 방법은 지하철을 타고 신용산역에 내려서 거기서부터 대학로까지 걸어가는 것. 그렇게 하면 약 1시간 30분을 걸을 수 있다.

사실 연습이 없을 때는 집 앞 헬스장에 가곤 했다. 연습도 없고, 공연도 없고, 촬영도 없을 때 아무것도 하지 않고 있는 게 불안하기도 해서이고, 쉬는 동안 몸이라도 만들어놓자는 되도 않는 계획 때문이기도 했다. 한때 아침에 수영도 병행할 정도로 열심인 적도 있었다. 그렇게 몸을 혹사하면서 일종의 실업 상태, 백수인 생활을 견뎌냈다. 배우라는 직업은 감독이, 연출이, PD가 캐스팅을 해줘야 비로소 실업 상태에서 벗어나는 일이기에 일이 없을 때의 불안감과 예민함은 배우마다 다르다곤 해도 결코 만만히 볼 수 없는 것이다. 하다못해 할리우드의 유명 배우 톰 크루즈도 자기한테 시나리오가 오지 않을까봐 걱정한다고 하지 않나. 한동안 일이 없던 어떤 날은 오후에 집 안에 멍하니 앉아 있다가 느닷없이 일어나 관악산 첫 봉우리까지 거의 뛰다시피 올라간 적도 있다. 도대체 내가 배우인지 만년 실업자인지 알 수 없는 상태였다.

그러나 이제는 연습을 할 수 있다. 일정한 시각에 출근할 장소가 있고, 만날 사람들이 있고, 내가 맡아서 해야 할 일이 있고, 공연이 끝나면 소정의 페이도 받을 수 있는 것이다. 그러면 밀린 통신비도 낼 수 있고, 선후배들과 만난 자리에서 소주값도 보탤 수 있고, 자잘한 빚도 갚을 수 있다. 적어도 백수가 아니라 배우라는 것을 애써 증명할 필요가 없는 일인 것이다. 지인이 내 근황을 물어볼 때,

─놀아요.

라고 말하지 않고,

─연습 중이에요. 공연 시작할 때쯤 연락드릴 테니 공연 보러 오세요.

라고 당당히 말할 수 있게 된 것이다.

집에서 나온 시각은 10시. 10시 20분 즈음 4호선 신용산역에 내린다. 수건 한 장을 가방에서 꺼내 목에 감는다. 운동화 끈을 조

여 맨다. 준비는 다 됐다. 이제 걷는다. 아, 대본! 가방에서 대본을 꺼낸다. 연습실에는 2시까지 가면 되지만 나는 1시간 전에 도착하기로 계획했다.

걸으면서 대본을 본다. "대학 때 우리 어머니가 생모가 아니라는 것을, 큰어머니가 실제 생모이고 엄마라고 부르던 분이 실은 작은어머니라는 걸 알았어요. 그걸 알고 나서 정신을 놨어요……." 대사를 외우는 것이다. 가만히 앉아서 외우는 것보다 걸으면서 외우는 것이 더 능률적이다. 적어도 나한테는 그렇다. 인적이 드문 곳에서는 제법 큰 소리로 대사를 입 밖에 내볼 수도 있다. 소리도 쳐볼 수 있다. 어차피 큰길가의 차 소리 때문에 내 소리는 파묻힌다. '뉴욕의 브로드웨이에 가면 길에서 중얼대는 사람들을 제법 볼 수 있는데 알고 보면 그들은 배우이고 대사를 중얼거리는 것이다'라는 말을 들은 적이 있다. 여기는 뉴욕이 아니지만 나는 배우이기 때문에 중얼거릴 대사는 얼마든지 갖고 있다. 대사 암기에도 효율적인 순서가 있다. 주고받는 대화체 대사는 연습실에서 상대 배우와 함께 연습하는 것이 효율적이다. 이렇게 혼자서 길을 걸으면서는 주로 긴 대사, 긴 독백들을 외운다. 어차피 언제고 외워야 할 대사, 이럴 때 미리 외워두는 것이다.

연극을 보고 난 많은 일반 관객이 가장 궁금해하는 것 중 하나가 연극 배우들은 그 많은 대사를 어떻게 외우느냐는 것이다. 머리가 정말 좋아야 하는 거 아니냐며 대단하다고 놀라워들 한다. 사실 배우인 나조차 다른 배우들의 공연을 보고 나면 엄청나게 많은 그 대사를 어떻게 외웠는지 신기해할 때가 있다. 그런데 연극 배우들은 대사를 머리가 아닌 몸으로 외운다. 적게는 한 달, 많게는 두 달 이상 연습하면서 끊임없이 반복하고, 무대 위 동선과 움직임에 맞춰서 대사를 하게 되면 그때그때 상황에 맞춰 자연스럽게 몸에 체득되는 것이다. 그래서 공연이 끝나고 뒤풀이 자리에서라든가, 무대가 아닌 자리에서 대사를 해보라고 하면 바로 떠오르지 않는 경우가 허다하다. 무대 위, 바로 그 상황이 아니기 때문이다.

연습실까지 장시간 걸어가면 좋은 점이 몇 개 더 있는데 그중 하나는 걸으면서 땀을 흘리니 연습 전에 이미 충분히 몸을 푼 상태가 된다는 것이다. 걸으면서 몸도 풀고 대사도 외우니 일석이조, 아니, 체중 감량까지 되면 일석삼조인가? 내가 아는 어떤 배우 선배님은 살을 빼기 위해 일산에서 서울까지 걸어다녔다고도 하니 아무튼 걷기는 여러모로 꿩 먹고 알 먹고 둥지 헐어 불 때기 수준이다.

내가 걸어서 가는 노선은 가끔 기분에 따라 살짝 비껴갈 때도 있지만 신용산에서부터 서울역, 남대문, 태평로, 종로일 때가 대부분이다. 서울역을 지날 때면 수많은 노숙인을 목격한다. 그들은 어찌하여 지금의 모습으로 여기에 와 있는 걸까? 그들로부터 살아온 이야기를 들어보면 한 사람 한 사람의 사연이 모두 책이 되고 희곡이 될 수도 있을 거란 생각에 호기심과 궁금함이 일지만 차마 말을 건넬 용기와 시간이 없다. 그런 건 작가들이 해야 할 일 아닌가? 나는 그저 그들을 유심히, 아니, 곁눈질로 관찰하며 혹시 모를 캐릭터 연구를 할 뿐이다. 가만 보면 정말 기가 막힌 캐릭터들이 다 있다. 배우들은 다른 사람의 삶을 연기하기 때문에 인간에 대한 관찰이 남다르다. 일상에서 마주치는 여러 군상의 면면을 유심히 보는 습관이 몸에 배어 있다. 언제 어디서 어떤 작품의 어떤 인물을 연기하게 될지 모르기 때문에 자연스럽게 형성된 습관들일 것이다. 나 또한 다르지 않다.

마음이 내키면 남대문 시장을 가로질러 간다. 아이 쇼핑 겸 혹시 작품에 어울리는, 혹은 내 역할에 맞는 의상과 소품이 있지 않을까 싶어 둘러본다. 시장의 활기는 언제 느껴도 좋다. 사람들은 저렇게나 열심히 살고 있는데 나는 왜 이렇게 살고 있을까? 문득 묘한 자괴감이 들기도 한다. 아마도 불규칙한 작품 활동과 수입 때문에 그럴 텐데, 하지만 나보고 시장에서 장사를 하라고 하면 못하리라는 것을 안다. 어차피 생긴 대로 살아야 하는 팔자. 나는 그저 이들을 관찰하여 이들의 삶을 연기할 때나 잘해낼 수 있도록 할밖에.

일본어, 중국어, 춤, 승마 배우기

시장을 벗어나서 시내 중심가로 들어선다. 슬슬 배가 고파온다. 점심을 어디서 먹을지는 이미 정해놓았다. 종로통에 들어선다. 오전에 맞이하는 시내의 생동감도 기분을 상쾌하게 해준다. 걷다보니 일본어 가타카나로 쓰인 간판들이 보인다. 더듬더듬 읽어본다. 일본어 가타카나는 히라가나보다 익히기가 좀더 어렵다. 나는 일본어를 독학했었다. 아니, 엄밀히 이야기하면 지금도 일본어 공부를 하는 중이다. 매일 꾸준히 하면야 좋겠지만 그러지는 못하고, 생각나면 반짝 며칠 했다가 잊어버리고, 그러다가 다시 처음부터 공부했다가, 다시 잊어버리기를 수십 번. 그래서 히라가나와 가타카나를 더듬더듬 읽을 수는 있고 인사말 정도는 할 수 있다. 내가 일본어 공부를 시작한 데에는 여러 목적이 있지만 지금의 연극, 영화, 드라마 제작 환경과도 밀접한 연관이 있다.

요즘은 우리나라 드라마나 영화, 연극 작품들이 해외에서 각광받기도 하고, 수출도 많이 되고, 또 작품 배경도 다양해 배우들이 영어뿐만 아니라 중국어, 일본어, 러시아어, 독어, 불어, 이탈리아어 등등을 익혀놓으면 유용하게 쓸 일이 아주 많다. 영화나 드라마 오디션 때에도 종종 각종 외국어 구사 능력을 본다. 특히 중국어랑 일본어는 쓰임새가 아주 높다. 일제강점기를 겪은 우리 역사 때문에 19세기 말, 20세기 초 배경의 시대극이면 일본어는 거의 필수 불가결한 요소다. 요즈음 중국과 교류가 활발해지면서 중국어 또한 연극, 영화, 드라마에 쓰임새가 무척 많아졌다. 현재의 글로벌 교류를 놓고 판단하자면 많은 배우에게 외국어 구사 능력은 점점 더 요구될 것이다.

나는 실제로 일본어로 공연을 했고, 홍콩 광둥어로 드라마도 찍었다. 물론 외국어를 지도하는 선생님들의 도움을 받아 급하게 익혀 간신히 촬영한 수준이었지만. 만일 간단한 회화가 가능할 정도로 중국어와 일본어를 익혀놓으면 캐스팅의 폭은 훨씬 더 넓고 나 또한 무척 자유로울 것이다. 이런 생각으로 집에서 아무 일 없을 때는 독학으로 일본어와 중국어를 익히곤 하는데, 작심삼일이라고 그게 결코 쉬운 일은 아니다. 나의 캐릭터상 중국어와 일본어를 어느 정도 해놓으면 한국에서뿐만 아니라 중국과 일본에도 진출해 연기생활을 할 수 있을 텐데. 아침에 일어나면 매일 조금씩 외국어 공부를 하자는 것이 내 평소 계획이지만 그게 수월할 리가 있겠는가.

점심 식사는 종로 2가 허리우드 극장 뒤쪽에 있는 오래된 국밥집에서 할 생각이다. 방송에도 나왔고 이 동네 어르신들한테도 인기가 많은 식당이다. 값이 너무나 싸고 맛도 좋은 데다 음식이 빨리 나온다. 주문할 필요도 없이 자리에 앉으면 바로 국밥이 나온다. 그야말로 신속하고 경제적인 맛집이다. 나같이 주머니 사정이 넉넉지 않아 후딱 먹고 바로 움직여야 하는 사람들에게는 안성맞춤이다.

식사를 마치고 종로 뒷길로 걸어 나왔다. 후미진 골목에 들어가 담배를 한 대 피운다. 포만감 때문에 살짝 졸음기가 있지만 걸으면 다시 사라질 것이다. 식사 직후라 대본을 볼 엄두는 나지 않는다. 주위를 둘러보며 걸었다. 수많은 간판. 그중에 댄스 교습소가 눈에 띈다. 라틴 댄스, 재즈 댄스, 방송 댄스, 사교 댄스 등등의 장르가 적혀 있는 창문이 보인다. 내 생각에 나는 몸치다. 그래서 뮤지컬은 꿈도 못 꾼다. 뭐, 노래 실력도 뮤지컬을 할 정도는 아니지만. 그런데 10여 년 전에 에어로빅 댄스와 관련한 연극 공연을 한 이후로 꾸준히 춤에 관심을 가져왔다. 춤은 비단 기분을 업시킬 뿐만 아니라 몸의 유연성을 기르고, 지구력을 기르고, 근력을 기르고, 박자 관념을 기르고, 음악에 맡기는 몸의 흐름을 익힐 수 있다는 점에서 배우들에게는 굉장히 좋은 트레이닝 수단이다. 대학의 연극영화과 학부와 대학원에서도 몸의 움직임에 관한 교육 과정은 필수였다. 그래서 배우들 중에는 한국 무용, 현대 무용, 고전 무용에 조예가 깊은 이들이 많으며 따로 시간을 내서 탱고나 살사, 탭 댄스, 재즈 댄스를 배우는 이가 많이 있다. 사실 나도 탱고를 조금 배우긴 했다. 하지만 워낙 몸치인 데다 여러 다른 일 때문에 흥미를 잃어 꾸준히 못한 것이 지금에 와서 후회스럽다. 마음속으로는, 아니 배우로서 트레이닝 계획으로는 춤 배우기가 늘 우선순위인데 어찌하여 시작도 못하고 있었을까? 아마도 남들이 몸치인 나를 어떻게 볼까 하는 두려움이 앞서서 그랬던 것 같다. 세상에, 배우가 타인의 시선을 의식하다니!

춤과 함께 배우들이 무척 신경 쓰는 분야는 무술이다. 영화나 드라마에 액션 장면이 있을 때 무술을 익혀놓은 배우들은 훨씬 더 수월하게 합을 짜고 연기를 할 수 있다. 물론 그보다 더 중요한 건 자세와 폼. 한마디로 태가 나야 배우답고 연기답지 않겠는가. 어렸을 때 남들 다 다니는 태권도 도장도 몇 개월 다녔고, 군대에서도 태권도를 하긴 했지만 연기에 필요한 무술은 따로 있는 듯하다. 역시 자세와 멋스러움 때문일 것이다. 요즈음은 여배우들도 시간과 돈을 투자해 연기를 위한 무술을 연마한다.

이렇듯 나도 춤이든 무술이든 어서 시작해야 하는 상황이다. 안 그래도 얼마 전 스님 역할의 드라마 오디션을 보러 갔는데 무술 액션을 할 수 있느냐는 질문을 받았다. 그만큼 연기에서 몸을 쓰는 일은 일상다반사다. 자, 그러면 언제부터 춤을 배우고 무술을 익힌다냐? 일주일에 몇 번을 해야 하고, 하루 중 시간대는 언제로 잡아야 하나? 강습 비용은 얼마나 되고 어디서 누구한테 배워야 하나? 이런 생각을 하던 차에 문득, 아, 그러고 보니 내일모레는 연습 가기 전에 남양주로 승마 강습을 받으러 가야 하는구나 하는 데까지 생각이 미쳤다. 사극 드라마에 2회 분 출연해야 하는데 말을 타는 장면이 있다. 10여 년 전 역시 사극 영화에 출연하면서 서너 번 강습을 받은 적이 있는데 너무 오래돼서 말 타는 법을 다 잊어버렸다. 승마 강습을 제대로 받아 말을 자유자재로, 두 손 놓고 탈 정도가 되면 그 어떤 영화나 드라마의 말 타는 역할도 두려워할 까닭이 없다. 그리고 말 타는 역할이면 대부분 장군이나 주목받는 무사가 아니겠는가. 물론 잠깐 나오고 마는 전령도 있겠지만. 이번에 내가 맡은 것도 청나라 사신 역할. 말을 잘 탈 수 있도록 강습을 여러 번 가야 한다. 생각난 김에 승마장을 소개해준 후배에게 전화를 걸었다. 그날 승마장에 같이 가줄 수 있겠느냐고. 그 후배는 기꺼이 그러마고 했다. 그러면서 나보고 프로필 사진은 언제 찍을 거냐 묻는다.

꾸준히 걷고 걸으면 그 유명 배우처럼 될까

배우에게 프로필은 자기소개서이기 때문에 매우 중요하다. 프로필에 들어가는 사진도 때때로 업데이트해주어야 한다. 그 후배가 나에게 그렇게 물어본 것은 그 후배가 직접 사진을 찍기 때문이다.

배우이기도 한 그 후배는 전문가 수준으로 사진 찍는 실력을 지녀 틈틈이 부업으로 배우들 프로필 사진이나 공연 포스터 사진을 찍는다. 그래서 내 프로필 사진도 찍어주겠다고 오래전부터 말했는데 잊어버리고 있었던 것이다. 아닌 게 아니라, 지금 내가 사용하는 프로필은 몇 년 지난 것이라 다시 사진을 찍고 출연했던 작품도 최근 것으로 정리해 다시 만들어야 한다. 프로필을 만들면 시간 날 때마다 혹은 오디션 정보가 있을 때마다 직접 들고 제작사나 방송국에 찾아가야 한다. 30대 때에는 영화 잡지의 영화 제작 일정표를 참고해 대한민국의 수십 군데 영화 제작사에 등기로 프로필을 보낸 적도 허다하다. 물론 직접 찾아가 제출한 적은 더 많다. 지금은 주로 이메일로 보내니 그나마 일이 좀 줄었다. 후배와 승마장에 같이 가는 날 만나서 내 프로필 찍는 날짜를 정하자고 했다. 미리미리 준비해놓지 않으면 정작 프로필을 보내야 할 때 낭패를 보기 십상이다.

종로 4가쯤 왔을 때 다시 대본을 꺼내든다. 오늘 목표했던 긴 독백을 아직 완벽하게 외우지 못했다. 이것저것 잡생각이 끼어든다. 연극 연습을 하고 공연을 할 수 있다는 건 분명 행복한 일이다. 그런데 이 작품이 끝나면 언제쯤 다음 작품을 하게 될까, 영화나 드라마는 언제쯤 제대로 할 수 있을까 하는 생각이 들면 대본이 눈에 들어오지 않는다.

20년 전, 다니던 회사를 그만두고 배우를 하겠노라 결심했을 때는 내가 금방 유명 배우가 될 줄 알았다. 연기력에는 자신있었으니까. 그런데 막상 연극판에 들어오니 맨땅에 헤딩하는 기분이었다. 인맥도 학맥도 없어서 작품을 꾸준히 하기에는 진입 장벽이 높았고, 캐릭터 좋고, 연기력 뛰어난 배우들은 또 왜 이렇게 많은지. 알음알음 소개로 어쩌다 한 편씩 공연 기회가 주어졌고 그마저 없을 때는 거의 1년 동안 공연을 못하기도 했다. 영화 오디션을 꾸준히 찾아다녀서 거짓말 조금 보태면 거의 500번의 오디션을 봤지만 합격해서 실제 촬영까지 한 작품은 한 손에 꼽을 정도. 그나마 간간이 섭외가 들어오는 드라마도 99퍼센트가 1, 2회 나오는 단역뿐이었다. 나중에 알고 보니 우주의 기운을 타고난 행운아가 아닌 이상 그것은 거의 모든 무명 배우가 늘 겪고 있는 일이었다. 물론 지금도 마찬가지다.

그런데 지금은 옛날에 비해 형편이 좀 나아지긴 했다. 적어도 지금은 나라는 배우가 있다는 걸 연극계의 많은 사람이 알고 있기 때문이다. 그동안 악착같이 버텨온 세월의 힘이겠지. 그렇다고는 해도 끊이지 않고 작품을 할 수 있는 것은 아니다. 작품을 제작하는 제작자나 연출가들도 나름대로 이런저런 열악한 환경에서 허덕이고 있기 때문이다. 특히나 요즘 같은 때에는 더더욱.

종로 5가로 접어들었다. 이제 30여 분만 가면 연습실이다. 이미 티셔츠와 목에 감은 수건은 땀으로 축축히 젖었다. 하지만 몸 상태는 가뿐하다. 그래, 이 맛에 걷는 거지. 걷는 것을 책까지 내가며 찬양한 어떤 유명 배우도 있지 않은가. 그럼, 나도 꾸준히 걷고 또 걸으면 그 유명 배우처럼 될 수 있을까? 그냥 씨익 웃고 만다.

다시 대본을 본다. 오늘 걸어오면서 외운 대사들을 점검한다. 대본을 내리고 암기해본다. 토씨 하나라도 틀리면 다시 대본을 들어 확인하고 기억나지 않으면 또 대본을 보며 완벽하게 대사를 외울 때까지 반복한다. '배우가 무대 위에서 대사를 까먹는 것은 죄악이다'라고 나 어릴 적 연기 선생님이 말씀하셨다. 대사는 작가가 심혈을 기울여 창조해낸 창작물이다. 배우는 대사를 창조하는 것이 아니라 인물을 창조한다. 그래서 나는 무대 위에서 뜻밖의 사고 같은 돌발 상황이 일어나지 않는 한 애드리브를 하지 않는다. 어차피 대사는 매일 외워야 한다. 어제도 외웠고, 오늘도 외우고 내일도 외워야 한다. 내가 동료 배우들과 있을 때 자주 농담 삼아 하는 말이 있다.

─연기의 시작은 암기다.

─젊었을 때는 연기가 문제고, 나이 들어서는 암기가 문제다.

이제는 나이가 들어 어릴 때처럼 대사가 쉬이 외워지지 않는다. 하지만 대사를 외우지 않으면 나는 배우로서 존재 가치가 없다.

갑자기 전화기 진동이 울린다. 받아보니 다음 주에 영화 오디션을 볼 수 있느냐는 캐스팅 디렉터의 전화다. 당연히 볼 수 있지. 내 연습 시간을 피해 날짜와 시간을 잡았다. 오디션 대본은 메일로 보내준단다. 뜻밖의 반가운 소식이다. 다음 주면 아직 시간이 좀 남아 있다. 그 전에 후배를 만나 프로필 사진을 찍고 프로필을 업데이트해서 오디션장에 가져가야 한다. 빨리 오디션 대본을 출력해서 그 대사들도 외워야 한다. 영화나 드라마 오디션에서는 캐릭터에 어울리는 이미지와 연기력도 중요하지만 얼마나 열심히 준비했느냐도 합격에 큰 영향을 미친다고 한다. 하나라도 소홀히 할 수 없다. 마음이 급해진다.

드디어 대학로에 들어섰다. 하늘은 파랗고 햇살은 빳빳한 지폐처럼 제법 따갑게 내리쬔다. 대본에서 오늘 연습할 부분을 펼쳐본다. 아직 대사를 완벽하게 외운 건 아니다. 그래도 이 정도면 연습실에서 다른 배우들한테 민폐 끼칠 정도는 아니라고 위안해본다. 다른 배우들, 특히 후배들은 대사를 빨리 외운다. 그래서 선배인 내가 계속 대본을 들고 연습하면 눈치 주는 사람이 없어도 나 스스로 눈치가 보인다. 이제는 서서히 후배들의 시대로 넘어가고 있다. 연출도, 기획도, 배우도 이제는 나보다 어린 후배들이 더 많아졌고 앞으로는 후배들이 더 많은 활동을 할 것이다. 작품을 지속적으로 하려면 후배들과 관계를 잘 맺어야 한다. 그렇지 않으면 작품도 못하고, 원로 배우 취급을 받을 수 있다. 그러기엔 난 아직 젊고 창창하고 앞길이 구만리다.

연습실 근처에 다다랐다. 오래 걸어서 그런지 기분이 상쾌하다. 어디선가 인사 소리가 들린다.

─안녕하세요? 선배님!

깜짝 놀라 돌아보니 같이 연습하는 어린 후배다.

─어, 그래!

─지금 오시는 거예요? 일찍 오셨네요. 식사는 하셨어요?

후배를 보니 후배의 손에도 나처럼 대본이 들려 있다. 후배도 내 손에 들린 대본을 본다. 아, 이런! 내가 이렇게 연습실에 오면서 대본을 본다는 것을 들키고 싶지는 않았는데. 내가 혼자 연습하는 것을 아무도 모르게 하고 싶었는데. 연극을 오래 한 선배로서 후배들한테 뭔가 신비하고 비밀스러운 모습을 유지하고 싶었는데.

─대본 보며 오셨나봐요? 역시!

나는 그저 나만의 부끄러움을 속으로 감추며 엉거주춤 인사를 주고받고 연습실 앞에서 대본을 가방에 집어넣는다. 후배는 먼저 연습실로 들어갔다. 담배를 하나 꺼내 물었다.

담배를 피우고 연습실에 들어가면 간단히 스트레칭을 할 것이다. 커피도 한 잔 타서 마시며 한숨 돌릴 것이다. 그리고 연습 팀원들이 올 때까지 방금 만난 후배와 수다를 떨 것이다. 그러다 은근슬쩍 휴대전화를 열어 승마 강습 받으러 갈 일정과 오디션 일정을 메모할 것이다. 외국어 공부에 대한 결심을 다잡고 학습 계획도 구체적으로 짜볼 것이다. 어디서 춤을 배울지 인터넷으로 검색도 해볼 것이다. 그리고 시간이 남으면 오늘 연습할 장면에서 내가 어떻게 하면 장면을 더 재미있게 만들 것인지 아이디어를 짜볼 것이다. 그러다가 또다시 중얼중얼 나의 피 같은 대사를 외울 것이다. 연습하는 시간 내내. 이것은 공연이 올라가는 날까지 내일도 모레도 글피에도 여전히 반복될 것이다.

베토벤이 그랬던 것처럼
나 홀로 피아노를

김주영
피아니스트

취소

"이렇게 어린이들까지 모두 마스크를 끼고 감상하시는 모습이 참 감사하기도 하면서 죄송스럽네요. 아무쪼록 3월에는 코로나같이 못된 바이러스 없는 깨끗한 공기 속에서 만나 뵙겠습니다. 감사합니다!"

희망차고, 어찌 보면 의례적이고 긍정적인 마무리 멘트를 음악회 마지막에 했던 것이 올해 2월 중순이다. 그리고 그게 거의 마지막이었다. 객석에 앉아 있는 청중 앞에서 연주를 할 수 있었던 것은. 그 후로 내가 받은 전화나 메시지의 첫 마디는 '죄송해서 어떻게 하죠?' 등의 문구로 시작되었다. 예정되었던 공연, 강의, 해설이 함께하는 음악회 등의 취소 행렬이 2월 말부터 본격적으로 이어졌다. 누구나 처음 겪는 일들에 나 역시 적잖이 당황했다. 당장 주머니가 가벼워지거나 카드 결제일이 불안해지는 것도 큰일이었지만, 엉망으로 꼬인 스케줄이 해결해야 할 첫 번째 문제였다.

학생들과의 레슨이나 강의 등을 제외한 내 일정은, 좋게 얘기하면 자유롭고 나쁘게 말하면 불규칙하다. 프리랜서로서의 일이 많고 싱글이라는 이유도 있지만 스스로는 별로 불편함을 느끼지 못하는 내 생활 패턴이 타인의 그것과 많은 차이난다는 사실을 깨달은 것은 불과 얼마 전이다. 내게 평일과 주말을 분명히 구분하여 알려주는 것은 TV 프로그램 정도일 뿐, 사실상 요일 구분이 없는 내 직업에 대해 어릴 적 동창들은 늘 궁금해한다.

—도대체 넌 주말에 뭐 하길래 시간이 안 나냐?

—당신네를 즐겁게 해주려고 피아노 연습을 하거나 연주를 하지.

사실 '평일에는 연습 없이 놀 때도 많다' '그냥 시간이 안 맞을 뿐이다' 등의 시답잖은 핑계도 대곤 한다. 세상에 안 힘들고 안 바쁜 일이 있을까마는, 무대에 서는 직업을 가진 사람의 일상은 거의 모든 것이 '모월 모일 모시'에 이뤄지는 그 순간에 집중하도록 맞춰지는 것뿐이다.

그런데 그 생활이 뒤엉켜버렸다. 예정된 연주나 강의에 대한 취소 연락은 아무리 여러 번 받아도 영 적응될 기미가 보이지 않는다. 그래도 봄까지는 약간 느긋했나보다. 혹시 모르니 기다려볼까 하는 곳도 있었지만, 뙤약볕에도 지치지 않는 바이러스의 등등한 기세에 압도당한 여름부터는 연락 없는 주최 측이나 회사에 내가 먼저 연락해봐야 하나 싶은 '약한' 마음도 생기기 시작했다. 어느 쪽에서 연락을 하든 부정적인 결론만 얻게 된 것이 언제부터인지 기억도 잘 나지 않는다.

특별한 경우를 제외하고 부탁받는, 다시 말해 언제나 '을'의 입장인 연주자 혹은 출연자는 연기보다 취소 쪽이 오히려 마음 편하다. 짧게는 2주(올해 처음 겪는 시간 단위다), 길게는 3, 4개월 미뤄진 공연 일정은 불투명한 미래와 함께 새로운 스트레스로 다가온다. 그냥 다시 준비하면 되는 거 아닌가 하는 생각은 하나의 단면만을 보는 것이다. 다시 말하지만, 시간 예술 종사자는 아무리 공연이 많아도 정해진 그 시각에 최고의 효과를 내도록 자신의 시계를 맞춘다. 그렇게 준비된 시계는 매우 예민한 과정으로 흘러가며, 따라서 공연 일정이 변경되면 자신의 시계를 마치 시차가 있는 외국에 간 것처럼 다시 맞춰야 하는 것이다. 이 일이 결코 쉽지 않음은 우천으로 단 하루가 연기돼도 선발 투수를 바꾸는 프로야구 경기를 생각하면 조금 이해가 될지 모르겠다.

시차 얘기가 나온 김에, 우리랑 다른 시간을 사는 외국 아티스트들의 내한 일정 등의 변화도 언급하고 싶다. 미 대륙이나 유럽의 록다운으로 속절없이 취소돼버린 공연들은 차치하고라도, 어쩌면 2주 격리라는 힘든 일정을 감수하면서까지 한국 무대에 설 수 있으리라는 희망을 갖게 하는 외국 음악가도 많았다. 내겐 이렇게 막연히 예정된 공연들의 내용을 담고자 하는 프리뷰 기사나 원고 청탁도 끊이지 않고 들어왔다. 능률이 오르지 않는 글을 느릿느릿 쓰다가 담당자에게 톡을 보낸다. "그런데 이분, 오실 수 있을까요?" "우리도 반반의 확률로 보고 있는데, 일단 준비는 해야 하니까요……." 그들도 그들의 일을 하고, 연주자들도 자신의 스튜디오에서 언제 열릴지 모르는 하늘 길과 공연장 문을 바라보며 자기 일에 매달린다. 서로 손이 닿지 않는 안타까운 사회적 거리두기 2미터가 익숙해진 순간, '정신적' 거리두기는 어느 정도 멀어졌을지 생각해보니 한숨이 나온다.

온라인

앗! 몇 시인지 보기도 전에 늦었다는 느낌이다. 잠귀 밝다는 것도 자랑하면 안 되겠구나 하는 후회를 하며 시계를 보니 약속 시간을 한참 넘겼다. 출강하고 있는 대학원 조교와의 약속인데, 아침까지 강의 자료를 메일로 넘겨준다고 문자를 남기고는 늦잠을 자버렸다. 요즘 빠져 있는 넷플릭스 드라마를 끄지 못하고 한 편 더 본 것이 패착이다. 어쩐 일인지 남들은 별로 챙겨 보지 않는 북유럽 드라마들이 내겐 굉장히 매력 있다. 여행을 못 가니 평소 관심도 없던 나라들이 궁금해진다.

　　—미안해요. 금방 완성해서 보낼게요.

이 나이 먹도록 파워포인트로 강의 자료 하나 제대로 못 만들고 도움을 받아야 한다니, 착한 조교의 목소리를 들을수록 더 미안해진다. 그 주에 해야 하는 강의 내용을 정리해 조교를 거쳐 만들어진 ppt 파일에 목소리와 동영상 등을 입혀 화면 녹화를 한 후, 최종 강의 파일을 대학원 서버에 올리는 방식으로 진행되는 '피아노문헌'의 온라인 수업 이야기다.

대부분 나와 같은 의견이길 기대하며 고백하자면, 내게 온라인 수업은 대면, 그러니까 학생들 얼굴을 보면서 진행하는 수업보다 2배 이상 힘이 든다. 학생들이 내 이야기를 제대로 이해하는지, 어려워하지는 않는지 등을 알 수 없다는 불편함은 당연하고, 그보다 더 심한 어려움은 강의 주제와 조금 덜 가까운 '주변 상황'을 설명해야 할 때 나타난다. '피아노문헌'이란 강의의 내용을 간단히 설명하면, 피아노 작품들을 만든 작곡가의 창작 의도와 배경, 작품이 지닌 시대적, 음악적 특성과 분석 등이다. 따라서 단순히 작품들을 살펴보고 연구하는 데서 그치지 않고 역사 속에 놓여 있는 예술가들의 삶이나 사회상 등을 함께 들여다보는 통사적 접근 방법이 필요한데, 이런 설명을 시종 무표정인 컴퓨터 화면을 보고 일방적인 얘기로 풀어내는 것은 불가능에 가깝다. 가끔 만나게 되는 대중 강연의 '선수'들이 코로나 시대 들어 한결같이 주장하는 어려움도 이와 비슷하다. "사람들과 함께 대화와 웃음을 나누면서 가끔 삼천포로 얘기가 좀 빠졌다 돌아오고 하면 두세 시간이 언제 지나가는지 모를 정도인데, 노트북만 째려보고 얘기하다보면 목만 아프고 시간도 정말 안 가죠." 정말 그렇다. '삼천포'든 '동해 바다'든 딴 데로 살짝 빠져 실없는 유머도 날리고 해야 하는데, 이걸 못하는 온라인 수업은 열띠고 흥분으로 차올라야 할 강의실의 공기를 건조한 무균실의 그것으로 만든다.

화면과 음성, 연주까지 모든 것을 보여주고 들려줘야 하는 강의식 음악회 등의 어려움은 또 다른 종류다. 호흡을 조절할 수 있다는 장점은 있지만 장시간 요구되는 집중력이 많은 체력 소모를 야기하기 때문이다. 지방의 한 공연장에서 5년째 진행하고 있는 내 강의식 음악회도 이번 가을에는 일찌감치 침묵 속에서 치르기로 결정되었다. 인기나 지명도에 관계없이 바이러스의 공격을 골고루 맞은 공연장들의 취소 사태가 잇따르는 상황이니 이조차 감사해야 하는바, 이른바 '랜선 콘서트'를 위한 녹화도 그저 평소처럼 하면 되겠거니 했던 계산은 애초부터 잘 맞지 않았다. 피아노 독주와 강의를 '원맨쇼'로 했던 어느 날 오후, 리허설을 마친 내가 객석을 향해 물었다.

— 본격적인 녹화는 언제부터 시작하면 좋을까요?

— 편하실 때 시작하시면 됩니다.

통상 연주회는 리허설 이후 한 시간 이상 휴식한 뒤 본공연에 들어가지만, 이런 여유를 부릴 수 있는 상황은 분명 아니었다. 출연자는 나 한 사람, 열 명에 가까운 스태프가 이미 대기 중인데……. 옷매무새만 대강 가다듬고 바로 녹화를 시작했다. 예상은 했지만 마이크 잡고 떠들다 피아노에 앉아 연주하기를 반복하는 과정 속에서 집중력을 유지하기란 무척 힘들었다. 늘 하던 일인데, 나를 듣고 보는 사람이 없는 객석을 향해 '지향점'이 없는 메시지를 던지는 일에 이렇게 진이 빠질 줄은 몰랐던 것이다. 30분쯤 지났을까. 살짝 고개를 돌려 허공에 다시 질문을 던졌다.

— 저, 조금 쉬었다 해도 될까요?

— 그럼요! 카메라는 계속 돌고 있으니까 대기실에서 휴식하고 다시 나오시면 됩니다. 저희가 나중에 편집하겠습니다."

— 아, 네……

카메라가 돌고 있다는데 대기실에 앉아 있는 것도 어딘지 불편하다. 물 한 모금 마시고 다시 나와 연주를 시작했다. 이제는 몸이 여기저기 쑤시는 느낌까지 들며, 빨리 끝내자는 마음뿐이다. 집중이 안 되니 연주가 만족스러울 리 없다. 수고한 스태프와 공연장 직원들에게 인사를 건네고 집에 오는 길이 천리만리다. 자리에 누우니 오늘 강의 중 내가 만든 엉성한 부분들이 마구 떠올라 미칠 지경이다. 찌뿌둥한 몸 상태를 보니 내일 아침도 또 늦잠 잘 가능성이 매우 높다. 허무한 이불킥만 이리저리 날리다 잠이 들었다.

마스크

클래식 음악을 24시간 방송하는 FM 채널과 인연을 맺은 세월을 헤아려보니 20년이 훌쩍 넘어간다. 도움말을 전달하는 해설자나 전문가로 초대받아 나가거나 특집 프로그램의 출연자로, 나중에는 정규 프로그램의 진행자로 이리저리 방송 경험을 하게 된 것도 지금 생각해보면 신기하다. 목소리가 특별히 좋은 것도 아니고 내용도 내가 아는 것만 살짝 언급하는 정도인데, 재미있고 유익하다고 해주는 청취자들이 있으니 늘 감사하다. 내 생활에 방송이 없었다면 피아노 외의 다른 분야에 대해 이렇게 다양한 공부를 할 기회가 있었을까. 시키는 일도 겨우 하는 성격의 나로서는 거의 확률 제로였을 거라 확신한다.

그런 면에서 오랜만에 MC 자리에 앉게 된「실황특집 중계방송」이라는 프로그램은 내게 더 큰 반가움으로 다가왔다. 연주와 방송 경험을 모두 갖고 있는 사람이 진행함으로써 현장감의 전달을 기대하는 제작진의 포석도 있었겠지만, 내 입장에서도 자신감을 갖고 몰입할 수 있는 일이라서 기뻤다. 이 프로그램은 오케스트라 연주 등 대형 공연을 중심으로 FM 라디오에서 생중계를 하는데, 장소는 주로 예술의전당이나 롯데콘서트홀 등이다. 내 역할은 연주 전후와 휴식 시간 등에 그날의 연주회 곡목이나 연주자를 소개하고, 연주에 대한 간단한 코멘트를 곁들이는 것이다.

2019년 6월에 시작한 이 프로그램이 전면 중단된 것은 올 3월부터였다. 사실 내가 실제로 느낀 코로나의 결정적인 타격은 크고 작은 나의 공연이 아니라 3월 말부터 예정돼 있던 '교향악 축제'의 연기 사태부터였던 것 같다. 30년 넘는 역사를 지닌 '교향악 축제'는 예술의전당 음악 분야의 연중 최대 행사이자 전국의 주요 오케스트라들이 총출동해 한 달 가까이 계속되는 페스티벌인데, 그 모든 일정이 날아가버린 것이었다. 자동적으로 축제의 전 순서를 생중계하려던「실황특집 중계방송」도 개점휴업에 들어갔다. 폐쇄할 수밖에 없었던 공연장 사정도 심각한 것이었지만, 지역 사정에 따라 연주자들이 한데 모여 연습할 수 없는 상황이 돼버린 곳도, 이동이 금지된 곳도 속속 발생했다. 어느덧 오케스트라 축제는 보이지 않는 공포 속에서 생존해내야 하는 대한민국의 2020년과 어울리지 않는, 소수 애호가들의 호사처럼 느껴지게 된 것이다.

그토록 심란한 나날이었기에, 이번 여름에 치러진 '교향악 축제'가 새삼 기적처럼 생각되기도 한다. 철저한 방역과 세심한 관리로 시기를 기다렸던 예술의전당이 축제를 '스페셜'이라는 이름으로 바꾸고 소폭 축소시켜 진행하기 시작한 것은 7월 말이었다. 축제를 기다린 청중이자 중계방송의 진행자인 나도 기쁜 마음으로 중계석에 앉을 수 있었다.

만반의 준비를 끝내고 시작된 페스티벌은 만든 이와 보는 이들 모두에게 잊을 수 없는 순간을 만들어주었다. 미처 예상 못한 부분은 날씨였다. 올여름 끝을 모르고 이어지던 장마는 공연장을 찾는 발걸음을 무겁게 했던 것이다. 서울 시내 곳곳을 잇는 간선도로와 다리들이 침수되고 교통 통제가 이어지는 가운데, 약속 시간에 절대로 늦으면 안 되었던 나는 축제 기간 동안 오후 스케줄을 거의 다 취소하고 서초동에서 대기했다. 을씨년스런 날씨 속 우산과 우비로 무장한 청중은, 그럼에도 오랫동안 '고팠던' 살아 있는 음악을 만끽하러 공연장으로 몰려왔다.

그 와중에 바이러스 비상 시국이 가져다준 아이러니한 행운도 있었는데, 세계를 누비는 한국의 젊은 음악가들이 하루가 멀다 하고 협주곡의 협연자로 축제에 등장할 수 있었다는 것이다. 최고의 국제 콩쿠르를 정복해 막 세계 무대에 나섰거나 유수의 교향악단에서 수석 주자로 활동하고 있던 20, 30대의 그들은 여름 축제와 행사가 모조리 취소된 미국이나 유럽에 머물지 않고 한국에 들어와 '강제 휴식'을 취하고 있었던 것이다. 대부분 처음 겪는 스케줄의 공백 속에서 무대가 그리웠던 젊은이들은 그야말로 물오른 기량으로 8월의 예술의전당을 뜨겁게 달구었다. 협주곡의 솔리스트로 멋진 연주를 마친 뒤 그들은 약속이나 한 듯 청중에게 감사의 말을 남겼다.

—답답하고 힘든 일상 가운데 이렇게 찾아주셔서 감사드립니다. 오랜만에 무대에 서니 연주하는 음표 하나하나가 모두 소중하네요.

박수로 보내는 청중의 화답도 이에 걸맞게 감격스러웠다. 무대에 서본 사람만이 하는 신기한 경험이 있는데, 아무리 많은 사람이 박수를 쳐도 연주자는 한 사람 한 사람의 마음을 골고루 느끼고 그 감정을 전달받는다는 사실이다. 감동 어린 음악을 선사한 협연자들과 지휘자, 오케스트라 단원 모두는 축제 기간 중 쏟아진 갈채의 의미를 고스란히 느꼈으리라 생각된다.

살면서 다른 사람의 옆얼굴을 자세히 보게 되는 기회는 흔치 않다. 나도 마찬가지였는데, 음악회 중계방송을 하며 청중의 옆모습을 살피는 습관이 생겼다. 중계석이 객석 맨 왼쪽에 있기 때문에 가능한 일이다. 어떤 대상을 바라보고 듣는 사람의 집중하는 모습은 옆에서 보았을 때 확연히 드러난다. 멋진 음악에 감동하고 무대의 음악가들에게 매료된 사람들의 눈빛은 어떤 순간보다도 밝게 빛나고, 얼굴은 기분 좋게 상기되기 마련이다. 이번 축제 기간에 청중의 눈빛은 내가 경험했던 어떤 음악회보다 형형하게 빛났는데, 엉뚱하게도 그 이유는 마스크 때문이었다. 세균을 막느라 얼굴을 가리게 된 답답한 마스크가, 어느새 서로의 눈을 바라보게 만들어준 것이다. 못된 바이러스가 우리의 입과 코를 막아도, 예술을 느끼고 거기에 반응하려는 사람들의 교감은 결코 막을 수 없다. 눈과 귀로, 영혼으로 옮겨지는 음악의 감동 속에서 바이러스는 존재하지 않는다.

베토벤

차로 달려가는 강원도의 고속도로 속 운전자의 마음을 좌지우지하는 것은 시시각각 변하는 하늘빛이다. 어느 날씨든 반갑고 기분 좋은 풍경이긴 하지만, 그래도 이왕이면 파랗고 풀향이 흐드러지게 코를 찌르는 편이면 얼마나 좋았을까. 모처럼 나선 7월의 강원도 날씨는 코로나 바이러스를 머금은 듯 우울했다. 1년의 한가운

데에서 음악가와 애호가들 모두에게 반가운 휴가와 휴식을 제공하는 평창대관령 음악제를 찾아가는 길, 죽죽 내리는 장맛비가 아니라 이슬처럼 깔리는 비가 만들어내는 산길의 바탕색은 여행길 내내 스산했다.

전 세계를 통틀어 코로나로부터 가장 안전한 나라 대한민국에 머물고 있는 한국의 연주자들이 기꺼운 마음으로 뭉친 평창페스티벌 오케스트라가 만들어내는 소리는 세련미와 완숙함을 골고루 갖추고 있었다. 가히 올스타 오케스트라인 이들이 연주한 베토벤의 교향곡 6번 〈전원〉을 감상한 후 벅찬 마음으로 공연장인 알펜시아 뮤직텐트를 걸어나오다 반가운 얼굴과 마주쳤다.

─어머 선생님, 바쁘신데 어떻게 여기까지 오셨어요? 감사합니다.

─무슨 말씀을! 꼭 와야죠. 일정 모두 참석 못해 오히려 내가 미안해요. 마지막까지 건강 조심하고, 파이팅입니다.

2018년부터 페스티벌을 이끌고 있는 예술감독 손열음의 인사였다. 우리에게는 차이코프스키 콩쿠르, 반 클라이번 콩쿠르 등을 휩쓴 최고의 피아니스트로 알려져 있지만 기획과 행정 능력도 타고난 슈퍼우먼이다. 글재주까지 뛰어난 손열음이 만드는 음악제의 프로그램북도 매년 여름마다 화제인데, 올해의 책에는 음악 칼럼니스트 및 평론가들의 글과 함께 연주자들이 직접 느끼는 베토벤에 대한 생각을 넣자는 것이 그녀의 아이디어였다. 나도 그중 한 코너를 맡았는데, 내가 제일 좋아하는 교향곡 3번 〈영웅〉에 대한 글을 써 보냈다. 작곡가가 나폴레옹 보나파르트에 대한 존경심을 담아 작곡했지만, 황제에 올랐다는 소식에 분개해 그 자리에서 헌정하는 글을 찢어버린 일화로 유명한 걸작이다.

2020년 탄생 250주년을 맞은 루트비히 판 베토벤의 작품으로 꾸며진 이번 음악제의 제목은 '그래야만 한다'였다. 베토벤이 마지막으로 쓴 현악4중주곡 마지막 악장에 쓰여 있는 알 수 없는 문구인데, 지금까지도 남겨진 이유를 알 길이 없어 더욱 신비스럽게 느껴진다.

팬데믹 상황과 관련 없이 이 짧은 물음은 매우 의미심장한 베토벤의 마지막 화두다. 인류 역사상 최고의 작품들을 남긴 위대한 악성의 모든 것이 충분히 연구되어왔지만, 반드시 짚고 넘어가야 할 포인트는 이 인물이 참으로 쉽지 않은 인생을 살았다는 사실이다. 베토벤은 아들을 제2의 모차르트로 만들려 했던 알코올 중독자 아버지에게 학대를 받으며 자랐고, 성인이 되기도 전에 동네 오케스트라 말석에 앉아 독학으로 배운 바이올린과 비올라를 연주해 가족들을 부양했다. 왕이나 성직자, 귀족 어느 쪽에도 고개를 숙이지 않고 오로지 자신의 힘으로 어려운 운명을 개척하려고 애썼지만, 동시에 두 명의 동생을 챙기는 마음이 각별했던 맏형

이기도 했다. 평민과 귀족의 신분 차이로 사랑의 고비를 넘지 못하고 '불멸의 연인'을 향한 편지만을 남긴 비운의 독신남(베토벤도 '매우 혼자인 사람'이었다!) 베토벤이 마지막까지 결혼하지 못했던 이유도 소중한 혈육이었던 조카 카를의 미래를 걱정해서였다. 일찍 아버지를 여읜 조카를 자신의 부인이 된 여자가 미워할까봐 끝내 독신으로 살았다는 베토벤의 속사정을 누가 속속들이 알 수 있으랴. 30대 초반부터 심각해진 귓병은 말할 필요도 없을 것이다. 이른바 '귀가 들리지 않았던 베토벤'이란 사실은 우리에게 매우 친숙하지만, 다시 생각해보면 들리지 않는 사람이 음악가로 산다는 것은 앞이 보이지 않는 사람이 그림을 그리는 것만큼이나 막막한 상황이었을 것이다. '하일리겐슈타트의 유서' 사건으로 잘 알려진 자살 소동을 겪기도 했지만, 베토벤은 자신의 힘든 운명과의 정면 대결을 택했다. 피아노 협주곡 〈황제〉, 교향곡 9번 〈합창〉, 말년을 조용히 장식한 일련의 현악4중주곡들까지 주옥같은 선율과 웅대한 악상은 오로지 베토벤의 침묵 속에서 완성되었다. 관념 속의 예술이 생명을 지닌 소리로 재탄생하기까지 그가 겪어야 했던 고통은 어떤 것이었을지 상상하기조차 두렵고 떨리는 일이 아닐 수 없다.

코로나 바이러스에 대한 뉴스가 세상을 뒤덮을 무렵, 자조 섞인 목소리가 들려오기 시작했다. 도대체 베토벤이란 사람은 태어난 지 250년이나 지났는데 아직도 이렇게 고생스러운 사건들을 겪어야 하느냐고, 후배들이 준비한 생일파티도 편안한 마음으로 받지 못하는 베토벤이 너무 측은하고 불쌍하다는 이야기였다. 음악계 뉴스들도 대부분 안타깝고 아쉬운 내용뿐이었다. 전 세계에서 준비된 베토벤의 특별한 해를 기념하는 음악회와 각종 행사가 와르르 무너져버렸다. 문을 닫은 극장과 홀에서는 베토벤의 음악이 흘러나오지 않았고, 정성을 다해 준비하던 음악가들 자신도 바이러스에 걸려 건강을 위협받아 모두 각자 혼자이게 되었다. 나 같은 군소 음악가의 일정에서도 지워진 베토벤 프로그램이 몇 개인지 세어보기 힘들 정도다. 그것들을 들여다보자니 눈과 머릿속이 함께 어두워진다.

하지만 고행의 삶을 이어가며 위대한 예술을 쌓아 올렸던 베토벤 선생 앞에서 좌절은 절대 금지다. "한 해 건너뛰고 251살 생일파티라 해도 즐겁게 받으시겠지." 지인들끼리의 농담 속에는 '제발 내년엔' 하는 간절함이 들어 있다. 빗길을 뚫고 서울로 향하다가 스스로 만든 새로운 질문들을 가지고 도전을 즐겼던 베토벤이 우리에게 던질 법한 물음이 떠올랐다. "힘들고 앞이 보이지 않는 어둠 속에도, 그대들은 내 음악을 듣겠는가? 세상이 변해도 당신들에게 내 음악이 필요한가?" 두말할 것 없이 그 대답은 '예스' '그래야만 한다'이다. 베토벤이 있는 한, 그리고 음악이 있는 한 우리의 삶은 계속 뜨거울 것이며 우리의 시간들은 기쁨으로 채워질 것이 분명하기 때문이다.

번역가 K씨의
하루

번역가 　 김택규

1.

눈이 떠지자마자 침대 매트리스와 나무 틀 사이에 끼워둔 휴대전화를 더듬었다. 액정 화면을 켜자 떠오른 시각은 새벽 3시 30분. 평소에 알람을 4시에 맞춰놓는데 오늘은 30분 일찍 일어났다. 이 정도면 양호하다. 어제 눈이 떠진 시각은 1시 반이었다. 그래도 자동으로 일어나 거실에 나가서 불을 켜고 멍하니 식탁 의자에 앉아 있었는데 딸아이가 이불을 뒤집어쓰고 나와서 짜증을 냈다.

"지금 시간이 몇 시인데 시끄럽게 이러고 있어? 아빠, 나도 잠 좀 자자!"

그래, 내가 심하기는 했다. 아무 소리도 못하고 침대로 돌아가서 잠을 청했다. 딸이 그 성화를 안 부렸다면 낮에 졸려서 무슨 사달이 나든 노트북을 꺼내 일을 시작했을 것이다. 일단 눈을 떴다 하면 바로 하루를 시작하는 게 내 습성이다. 그래서 오늘은 양호하다는 것이다. 겨우 30분 더 일찍 일어났다. 늦게 잠드는 딸아이도 가장 곤하게 잘 시간이라 내 부스럭대는 소리에 단잠을 설치지는 않을 것이다.

갈아입고 외출할 옷가지를 조심스럽게 챙겨 침실을 나섰다. 아내와 강아지들은 꼼짝도 하지 않았다. 이미 내 이른 기상 습관에 이골이 나 있다. 가끔 아내가 부실한 위를 가라앉히려 따뜻한 물을 갖다달라고 하거나 봄봄이가 쉬 마려워하면서 침대에서 내려달라고 끙끙대는 일이 있긴 하지만 오늘은 다들 조용했다. 세상모르고 새벽잠에 빠져 있었는데 그게 정상이다.

2.

그렇다. 나는 비정상이고 내가 비정상이라는 것은 나 자신이 더 잘 안다. 밤늦게 스터디가 끝나는 매주 수요일을 제외하고는 저녁 9시면 잠자리에 들고 새벽 3~4시에 하루를 시작하는 내 일과가 이른바 정상인의 눈에는 예사롭지 않게 비칠 것이다. 내 사전에는 늦잠도 없고 낮잠도 없으며 늘 이른 잠을 자니 자연히 저녁 약속이나 음주가무도 없다. 나는 스스로 기계가 된 번역 노동자로서 이미 종잇장조차 끼워넣기 힘든 일상을 살면서도 여전히 어떻게 일을 위해 짬을 더 낼까 궁리하는 시간의 스크루지다. 단, 스크루지는 부자이면서도 돈에 대한 욕심을 거두지 못했지만 나는 부자이기는커녕 생활비에 쫓기느라 시간에 대한 욕심을 거두지 못한다. 내게 시간은 곧 번역 일을 위해 철저히 관리하고 계량화해야 하는, 영원히 희소한 자원이다.

거실에 나와 환히 불을 밝히고서 옷가지를 조심스레 의자 위에 놓은 뒤 가방에서 노트북을 꺼내 전원을 켰다. 오늘은 저녁 7시에 서울에서 스터디가 있는 날이다. 매주 이날은 새벽 5시 30분에 인천에서 홍대입구역으로 가는 첫 버스를 탄다. 지하철을 이용하지 않는 이유는 이 시간에는 버스가 빠르고 또 좌석에 앉아 잠시라도 눈을 붙일 수 있기 때문이다. 하지만 버스 시간이 아직 2시간이나 남았고 문을 나서기까지 내게는 할 일이 많다.

먼저 어제 번역하던 사회과학서 원문 PDF와 번역문 한글 파일을 왼쪽, 오른쪽에 나란히 띄웠다. 온라인 중국어 사전과 중국 검색 사이트 바이두는 그 뒤에 숨겨놓았다. 모르는 단어나 맥락이 나오면 언제든 검색할 수 있도록. 중국 현지 교수가 위챗으로 부탁해온 이 샘플 번역 일은 분량이 중국어 1만 5000자이며, 번역하면 200자 원고지 140매 정도가 되리라 예상한다. 4, 5일 정도 걸리겠지만 의뢰자에게는 일주일의 말미를 받았다. 중간에 끼어든 일이어서 다른 일과 함께 진행해야 하기 때문이다. 그 교수를 안 지는 4년이 되었다. 지인이 연결해줘 알았고 한 번도 만난 적 없이 온라인으로만 소통하며 몇 차례 통역자와 번역자를 소개해줬는데 작년부터 긴급한 학술 프로젝트 신청에 필요한 한국어 샘플 번역을 내게 부탁해오고 있다. 중국인은 친해지는 데 오랜 시간이 걸리지만 일단 가까워지면 강한 신뢰를 보여준다는 통념을 이번에 이 교수에게서 확인했다.

"한국에서 제 번역료는 원고지 1매당 5000원이지만 이 번역은 난이도가 높고 급히 마쳐야 해서 6000원은 받아야겠습니다."

교수는 한마디 흥정 없이 흔쾌히 수락하고 바로 번역료의 60퍼센트를 입금해주었다. 한국에서 오래 유학했기 때문에 한국 계좌에 잔고가 있었던 것이다.

"김 선생님 조건을 다 들어드렸으니 꼭 기한 내에 잘 마쳐주세요."

기분 좋은 거래였고 그런 만큼 완벽하게 일을 해주리라 마음먹었다. 사실 모든 거래가 이렇게 순탄하게 이뤄지지는 않는다. 의뢰자가 말을 바꿀 때도 있고 입금이 하염없이 미뤄질 때도 있다. 그럴 때 나는 가능한 한 스트레스를 덜 받는 쪽으로 일을 처리한다. 말이 바뀌어 번역료가 줄어들어도, 입금이 설명 없이 서너 달씩 늦어져도 최소한의 항의만 하고 금액이 적을 때는 아예 깨끗이 잊어버리기도 한다. 나는 할 일이 많아 그런 변수에 전체 일정이 흔들려서는 안 된다. 그래도 후속 조치는 확실히 취한다. 계속 거래가 있을 수 있고 인품도 괜찮은 상대에게는 '마음의 빚'을 확실히 남겨놓으며 둘 다 아닌 것으로 판명된 상대는 가차 없이 '손절'한다. 그러면 전자는 몇 년이 지나도 보답을 하고 후자는 내 인생에서 사라진다. 나는 브로커가 아니다. 내 인적 네트워크에는 마음에 드는 사람만 남겨놓으려 한다.

'지방권위地方權威'라는 중국어 단어를 어떻게 번역해야 할지 고민하다가 1시간을 흘려보냈다. 지방의 종족을 대표하는 권력자나 권력 집단자를 의미하는데 '지방 권위'라고 직역하면 영 어색하기 때문이다. '지방 권력'이라고 번역하자니 본문에서 따로 '권력勸力'이라는 단어가 쓰이고 있었다. 영어로 생각하면 'authority'가 분명한데 아무래도 어색함을 감수하고 우선 '지방권위'라고 번역해야 할 듯했다. 찜찜한 마음으로 노트북을 껐다. 1시간 동안 원고지 4매를 번역했다. 금액으로는 2만4000원. 남은 1시간은 다른 일을 해야 했다.

3.

전날 건조기 안에 넣어둔 그릇들을 각각 제자리에 놓고 조금 남아 있던 설거지 거리를 마치고서 반찬 그릇에 밑반찬을 채웠다. 그리고 행주로 식탁과 싱크대 주변을 깨끗이 닦고 난 뒤, 쌀을 씻어 전기밥솥에 넣고서 아내와 딸의 아침 식사 시간에 맞춰 예약 버튼을 눌렀고 강아지들의 오늘 식사용으로 달걀 두 알을 삶았다. 비로소 내 식사 타임. 간단히 야채를 썰어 넣고 국수를 끓여 서둘러 식사를 마쳤다. 당연히 그 설거지도 즉시 마무리하고 음식물 쓰레기도 치웠다. 평소 같으면 찌개도 끓이고 반찬도 한두 가지 마련하겠지만 오늘은 일찍 외출해야 해서 이 정도로 그쳤다. 집의 가사 업무에서 나는 요리와 분리수거, 강아지 산책 정도를 맡고 있다. 딸은 빨래, 아내는 딸과 강아지들 건사 그리고 청소를 담당한다. 젊은 시절에는 난 돈 버는 일에만 집중해야 한다고 생각했는데 아내의 '참교육'과 아무리 자주 찾아와도 모자란 '깨달음'으로 인해 생각이 바뀌었다. 가족의 성원이라면 누구나 자기 성향에 맞는 일을 택해 가사에 참여해야 하며 그러지 못해 집 안이 어지러워지고 가족 간에 불화가 생기면 오히려 돈 버는 일에 지장이 생긴다는 것을 알게 되었다. 일과 가정이 양립하려면 바깥일과 집안일을 분리해서는 안 된다.

뒤늦게 이런 마음가짐을 갖고 살다보니 식사 때마다 내 요리를 먹으며 아내와 딸이 던지는 찰진 혹평이 몹시 정겹다. 산책 때마다 강아지들에게 여기저기 끌려다니면서도 나날이 더 그 아이들이 사랑스럽다. 물론 업무 시간 면에서 내가 입는 손해는 막대하다. 나는 보통 집에서 15분 거리의 스터디 카페에 나가 일을 한다. 그런데 '아점' 때 귀가해 밥을 차리고 강아지 산책을 시킨 뒤 다시 일하러 나가고 '점저' 때 또 귀가해 밥을 차리고서 잠깐 집 앞 커피숍에 나가 한두 시간 일을 더 하고서야 하루 업무를 마무리한다. 만약 집안일을 안 하면 하루 작업 시간이 최소 서너 시간은 늘어날 것이다. 하지만 이 지점에서 한 가지 묻기로 하자. 대체 일은 왜 하는가? 누구를 위해, 또 무엇을 위해 하는가? 나는 프리랜서로서 가족과 부대끼며 일을 하기로 했다. 쉽지 않지만 해나가고 있으며 앞으로 더 노력할 것이다.

4.

마지막으로 15분 정도 108배를 하고 집을 나섰다. 말이 108배지 겨우 30배 정도를 최대한 느리게, 그리고 최대한 사지를 이완, 수축하며 할 뿐이다. 따로 운동에 할애할 짬이 없는 내게는 유일한 운동이다. 하지만 이 보잘것없는 반복 동작이 오래 앉아 있느라 피할 수 없는 번역가의 직업병, 즉 허리와 어깨의 통증을 없애주었다. 그래서 몹시 귀찮은데도 불구하고 여러 해 끈질기게 해오고 있다. 버스 어플을 보니 4분 후 5시 31분에 홍대입구역행 1302번이 도착 예정이었다. 잰걸음을 쳐 무난히 버스에 올랐다.

서울로 가는 내내 합정역에서 내릴지, 홍대입구역에서 내릴지 고민이 되었다. 합정역에도 홍대입구역에도 할리스가 있고 할리스는 테이블이 작업 환경에 알맞아 내가 애용하는 커피숍이다. 하지만 커피숍에서 무한정 눌러앉아 있기는 눈치가 보인다. 그래서 얼마 전 친한 북디자이너의 제안으로 마포구청이 운영하는 공유 오피스텔에 함께 자리를 마련했고 나는 매주 한두 번씩 서울에 올라올 때마다 그곳을 이용하기로 했지만 망할 코로나19로 인해 출입 시간이 현재 오전 9시부터 밤 11시까지로 제한되어 있다. 즉, 잠시 후 나는 커피숍에서 6시 반부터 두어 시간을 죽치고 있다가 9시에 맞춰 그곳으로 이동해야 하는 것이다. 그런데 그 오피스텔의 위치는 홍대입구역 근처이므로 할리스 합정역점보다는 홍대입구역점에 자리를 잡는 게 시간상 유리했다. 하지만 시간만 생각해서는 안 된다. 만약 합정역점에 자리를 잡는다면 오피스텔까지 20, 30분을 걸을 수 있다. 다시 말해 운동을 할 수 있는 것이다! 워낙 운동 시간이 모자라므로 나는 외출할 때마다 일부러 약속 장소에서 먼 곳에 미리 가서 일을 하다가 부지런히 걸어가는 기회를 잡곤 한다. 하지만 이번에는 홍대입구역에서 내리기로 마음을 먹었다. 오늘은 번역 외에 급히 진행해야 하는 일이 있기 때문이었다. 그것은 내일까지 탈고해 출판사에 보내야 하는 이 「번역가 K씨의 하루」였다.

5.

커피숍 지하에 들어서니 서너 개 좌석에 젊은이들이 앉아 누구는 등받이에 기대어서, 누구는 테이블 위에 엎드려서 잠을 자고 있었다. 코로나19 전에는 그런 사람들이 세 배는 되었다. 화려한 홍대 앞 거리에서 늦게까지 놀다가 차를 놓친 이들이었다. 대개는 첫 지하철을 타고 귀가하지만 잠이 너무 깊게 들었거나 돌아갈 집이 없는 사람들은 오전 내내 그런 모습으로 이색적인 풍경이 되곤 한다. 나는 이곳에서 한 달간 숙식을 해결하는 나이 든 남자를 본 적도 있다. 그는 가장 구석진 자리에 앉아 옆에 짐가방을 몇 개 쌓아놓은 채 온종일 노트북으로 알 수 없는 작업을 했다. 내 추측으로는 방송 일을 하는 피디나 기획자가 아닌가 싶었다. 그는 일을 하다가 피곤해지면 그 자세 그대로 잠이 들었다. 나중에는 아예 발에서 뿌리가 자라 시멘트 바닥에 못 박혀 있는 게 아닐까 하는 착각이 들 정도였다.

지금은 스터디 카페를 다니고 있지만 나도 한때는 작업 장소로 커피숍을 애용했다. 작업실을 임대해 쓴 적도 있지만 내 성정에는 집중력을 높이는 것보다 신경 쓸 대상을 없애는 게 업무 효율에 더 도움이 된다는 것을 깨달았다. 작업실을 임대한다고 해서 누가 작업실 정리와 청소까지 책임져주지는 않는다. 나는 그런 가욋일이 너무 귀찮았다. 게다가 나는 집중력을 높일 필요도 없었다. 원래부터 집중력이 형편없고 개선될 여지도 없기 때문이다.

나의 집중력 유지 시간은 고작해야 20분, 길어야 30분이다.

20분마다 뉴스를 보거나, 이메일과 카톡을 확인하거나, 다른 딴짓을 한다. 두세 달에 1권씩 뚝딱 책 번역을 마쳐야 하는 출판번역가에게는 어떻게 보면 치명적인 단점이지만 늘 자기합리화를 하곤한다. "잠깐씩 딴짓을 해도 일을 놓지만 않으면 되잖아. 틈틈이 기분 전환을 하는 셈이니 피로도도 덜하고 다른 번역가들이 다 앓는 손목 병, 허리 병도 없고 말이야." 한 번 앉으면 4, 5시간씩 꼼짝도 안 하는 다른 번역가들을 보면 조금 신기하긴 하지만 부럽지는 않다. 번역가마다 작업 스타일이 다르고 지나친 집중력은 필경 후유증을 낳기 때문이다. 더욱이 나는 집중력이 모자란 대신 시간을 최대한 쪼개 체계적으로 번역 진도를 관리한다. 예를 들어 어제 내가 정한 하루 번역량은 200자 원고지 30매였다. 그리고 시간당 4매 완수를 기준으로 새벽 5~9시 그리고 오후 1~5시 사이에 시간별로 번역량을 배치해놓고 역시 시간별로 목표량을 마쳤는지 점검하고서 못 마쳤으면 못 마친 양을 다른 시간대에 추가 배치했다. 이런 관리 방식이 총체적으로 볼 때 과연 효율적인지는 장담하기 어렵지만 산만하기 짝이 없는 나 같은 위인에게는 계속 정신을 다잡고 작업을 지탱해나가는 데 힘이 돼준다. 덕분에 한눈 팔기 전문 번역가인데도 20년 넘게 무사히 생존할 수 있었다.

6.

하루에 커피숍 두세 군데를 전전하던 시절, 나는 주의산만이라는 그 특기(?) 덕분에 많은 이들을 알게 됐지만 그들 쪽에서는 나를 까맣게 몰랐다. 내 시선은 시종일관 액정 화면에 가 있었지만 귀는 사방으로 열려 있는 터라 온갖 인물 간의 솔직하고 흥미로운 이야기가 술술 흘러들어왔기 때문이다. 20대 초중반의 남녀 바리스타가 처음 만나서 사귀고 헤어지는 과정의 대화를 릴레이로 듣기도 했고, 재미교포 청년이 한국에서 취업해 일하다가 이질적인 직장 문화에 질려 그만두고 아침마다 직장인 영어회화 과외를 하며 늘어놓는 신세 한탄을 역시 질리도록 들었다. 젊은 커플의 닭살 돋는 밀어도 숱하게, 분노하며(?) 들었는데 그런 얘기가 주로 들리는 시점은 당연히 조용한 새벽 시간이었다.

그렇다. 지금은 다소 뜸해졌지만 나는 한 달에 두세 번은 커피숍에서 아침 해를 맞이했다. 내 단골 커피숍들은 전부 24시간 점포이며 저마다 내 기쁘고 고단했던 밤샘의 추억과 관련 있다. 물론 나는 밤샘을 즐기지는 않으며 그럴 나이도 아니다. 하룻밤을 새면 그 여파가 사나흘은 가고 결국 계산해보면 체력적으로나 금전적으로나 손해다. 아내도 네가 만년 청춘인 줄 아느냐고 지청구가 장난이 아니다. 그런데 모든 밤샘이 고단하기는 하지만 그중 기쁜 밤샘이 있어 나는 여전히 그 중독에서 헤어나지 못하는데, 그

것은 바로 마감 전날의 밤샘이다. 짧게는 두 달, 길게는 여섯 달 동안 매달려온 책 번역이 끝나는 날, 기념으로 커피숍에서 새벽을 맞으며 마지막 문장을 마무리하는 기분은 그 무엇과도 비교할 수 없이 짜릿하다. 그 책이 구구절절한 스토리의 문학작품이면 훨씬 더 그렇다. 주인공과 역자인 내가 파란만장한 이야기의 종착점에 함께 발을 디디는 느낌이다.

다른 한편 칼럼을 밤새워서 쓰는 기분도 만만치 않게 설레면서 느낌은 사뭇 다르다. 이 경우는 창작이기 때문이다. 특정 주제에 관해 몇 날 며칠을 고민하다가 드디어 마땅한 글감과 구성 방식이 떠오르면 마치 전장에 나가는 장수처럼 노트북을 총칼인 양 챙겨들고 커피숍에 나가 구석에 자리를 잡고서 때로는 초조해하고, 때로는 씩씩대고, 때로는 실내를 배회하며 잠도 배고픔도 다 잊고서 마지막 마침표를 찍을 때까지 씽씽 달린다. 그러다보면 굳이 의도하지도 않았는데 꼬박 밤을 샌 것도 모자라 이미 이튿날 오전이 다 지난 것을 깨닫는다. 이윽고 짐을 정리해 비틀비틀 커피숍을 나올 때 기진맥진한 육체에 찾아드는 환한 기쁨은 다른 무엇으로도 대체할 수 없다. 보통 프리랜서는 밤샘을 밥 먹듯이 하는 불안정한 직업인 것처럼 이야기하지만 천만의 말씀이다. 밥 먹듯이 밤샘을 하는 것은 젊은 시절 한때이고 어느 시점부터 밤샘은 일정과 일상을 어그러뜨리는 독소로 작용한다. 하지만 마감 전의 기념비

적이고 창조적인 밤샘만큼은 예외다. 내가 생각하는 번역가의 상은 기본적으로 기계적인 스케줄의 화신이긴 하지만 이 정도의 낭만(?)은, 이 정도의 일탈은 허용된다고 생각한다.

7.

「번역가 K씨의 하루」를 쓰는 데 흠뻑 빠져 10시 반이 넘어서야 공유 오피스텔로 자리를 옮겼고 그 후에도 역시 헤어나오지 못해 11시 반에 페이스북 친구인 영어 번역가 앤 박님과 점심 약속을 한 것을 깜박할 뻔했다. 그래도 다행히 10분 전에 약속 장소인 홍대 전철역에 도착했다. 약속 시간보다 10~15분 일찍 나가 있는 것은 내 오랜 버릇이다. 선천적인 강박증 때문인데 사회에 나와 그 덕을 많이 보았다. 지각을 해서 중요한 만남을 망친 적이 없고 상대방이 늦었을 때는 마음의 빚을 안기기도 했기 때문이다. 물론 남의 시간 빼앗는 것을 대수롭지 않게 여기는 사람은 제외다.

한 달에 두어 번 식사 시간을 빌려 지인들과 가벼운 만남을 갖는 것은 기분 전환이 돼서 좋다. 특히 가벼운 이야기를 나누다가 어떤 계기로 나도 의식하지 못했던 내 속내가 표출돼 의미 있는 메시지를 형성하기도 한다. 오늘도 그랬다.

"저도 선생님처럼 일찍 일어나서 새벽 시간을 좀 활용할까봐요. 밤에 드라마나 책을 보다가 시간을 흘려보내는 일이 잦아요."

식사를 마치고 차를 마실 때 앤 박님이 이런 토로를 했다.

"밤에 멍하니 보내는 시간이 다 의미 없지는 않지요. 어쨌든 그게 다 피곤한 자신을 이완시키는 시간일 수도 있으니까요."

나는 우선 이렇게 말하고서 잠시 뜸을 들이다가 다시 입을 열었다.

"무슨 일이 자신에게 의미 있고 즐거운지 발견하는 게 중요한 것 같아요. 그게 꼭 '일'이 아니어도 말이죠. 예를 들어 저는 제가 좋아하는 작품을 번역할 때 즐거워요. 전혀 일로 안 느껴지죠. 독서도 마찬가지예요. 지금은 젊었을 때처럼 난독을 하지는 않아요. 정말 읽고 싶은 책을 손에 쥐었을 때만 책장이 넘어가죠. 그런 책이 대단히 드물어서 문제이긴 하지만요."

그렇다. 언제부터인가 나는 영화, 드라마, 책에 대한 흥미를 대부분 잃었다. 거의 번역에만 흥미가 있고 번역을 할 때만 즐겁다. 물론 내 글을 쓸 때도 즐겁기는 하지만 그런 기회는 좀처럼 오지 않는다. 그런데 내가 왜 번역을 즐거워하는지 곰곰이 생각해보면 단순히 내가 좋아하는 작품을 번역하고 그걸 우리 독자들에게 소개할 수 있어서 그런 게 아니다. 솔직히 오랫동안 문학 전공을 하며 눈만 높아진 탓에 좋아하는 작품을 발견하기란 그리 쉽지 않다. 그리고 우리 독자들에게 내 번역서를 소개하고 피드백을 받는 것은 당연히 기쁜 일이지만 번역하는 과정에서부터 미리 그것이

기대되어 가슴이 설레지는 않는다. 결국 내가 번역을 즐거워하는 것은 곧 번역 행위 자체가 즐겁기 때문이다. 미로 같은 원문을 탐색해 맥락을 감지하고 외시 의미와 함축 의미를 빠짐없이 파악해 맛깔나는 모국어 문장으로 옮겨내는 그 마술 같은 행위가 못 견디게 재미있는 것이다.

"이게 바로 그 '덕업 일치'라는 것이군요."

누가 듣기에는 무척 재수가 없을 텐데도 앤 박님은 고맙게도 웃으면서 맞장구를 쳐주었다. 그 '누가' 듣고서 아무리 재수 없어 해도 어쩔 수 없다. 프리랜서가 자신이 하는 일을 그 자체로 좋아하고 즐기지 않는다면 어떻게 초라한 대가와 고단한 나날을 감수하며 행복할 수 있겠는가. 그렇다면 나는 행복한가? 그렇다, 아주 가끔. 하지만 아주 가끔이어서 비로소 행복을 실감한다.

8.

찻집에서 나와 각기 갈 곳을 향해 둘이 함께 잠시 걸어가다가 오늘 내가 참가하는 스터디 얘기가 나왔다. 매주 수요일 저녁, 기괴한 취향을 지닌 너덧 명이 모여 교재 얘기 반, 출판계 돌아가는 얘기 반으로 2시간을 채우는 그 스터디의 이름은 '한국어 문법 스터디'다. 당장 돈이 되지도, 그럴듯한 결과물을 낳지도 못하는 이 모임은 어쩌면 내게 아주 크나큰 사치다.

"언젠가 해보고 싶은 게 있어서요. 한국어 문법을 배우는 것은 그 시작이에요."

나는 앤 박님에게 말했다. 막 오십이 된 내게 언젠가 해보고 싶은 게 아직 남아 있는 것 역시 사치에 속할까.

"뭐가 구체적으로 되고 싶다는 건 아니에요. 언어에 대해 알고 싶고 언어에 대한 글을 쓸 수 있는 사람이 되고 싶어요. 그래서 같은 관심을 가진 사람들과 함께 깊이 있는 언어학 책을 꾸준히 읽어가고 싶어요. 언어사회학이든 인지언어학이든 역사언어학이든 말이죠. 되도록 잘 번역된, 저희 같은 언어학 비전공자도 읽을 수 있는 책을 잘 가려서 말이죠. 그렇게 오랫동안 읽으면서 이해하고, 주요 용어들을 외우고, 최종적으로는 그런 노력을 바탕으로 현실 언어 현상을 대상으로 삼아 글을 쓰고 싶어요. 사실 아무도 관심 없는 분야이긴 하지만 왠지 저는 관심이 가네요. 갈 길이 까마득 하고 모르는 외국어도 한두 가지 더 익혀 비교언어학적 관점도 갖춰야 하지만 그래도 꼭 해보고 싶네요."

앤 박님은 이번에도 또 고맙게 멋있다고 추켜세워주며 자기도 해보고 싶다고 했다. 이런 비현실적이고, 비경제적이고, 비실용적 이고 나아가 어처구니가 없다 못해 일반인이 들으면 이해조차 못할 꿈을 듣고서도 말이다.

예전에 어느 직장인 선배가 "너는 가난하지만 그래도 포트폴리오가 남잖아. 우리 샐러리맨은 남는 게 아무것도 없어"라고 말했던 기억이 문득 떠올랐다. 포트폴리오라니, 그 형은 뭘 말하고 싶었던 걸까. 경력이나 업적을 부러워한 걸까. 그래, 번역가 생활 23년 동안 출판된 내 번역서 60여 권이 업적이라면 업적이겠지. 그 책들은 10년 후면 서점에서 사라져도 도서관에는 계속 꽂혀 100년은 갈 것이다. 하지만 그게 뭐가 대수란 말인가. 얼마 전 강의 때문에 한국 현대문학사 책을 들추다가 젊은 시절 내가 우러러보았던 작가들이 대부분 고인이 된 것을 새삼 깨달았다. 손창섭, 최인호, 이청준, 최인훈······. 물론 그들의 대표작은 현대문학사에 기록되어 길이 남겠지만 이미 다른 차원의 존재가 돼버린 그들에게 그것이 무슨 의미가 있겠는가.

내 삶에서도 번역서 같은 것은 의미도 목표도 아니고 결과일 뿐이다. 내게 중요한 것은 그 결과로 향하는 과정에서 내 시간을 내가 자유롭게 주체적으로 설계하고 거기에 내가 좋아하는 일을 가득 채워넣는 것이다. 그런데 이미 그러고 있는데, 앞으로도 그렇게 살 텐데 무엇 때문에 나는 또 언어학 공부라는 헛된 꿈을 꾸고 뒤쫓으려 할까. 한때 학자이고자 했던 관성 때문에? 뭔가 발전의 목표와 느낌 없이 살지 못하는 꼴사나운 근대주의자이기 때문에? 연이어 내 마음을 두드렸지만 응답이 없었다. 더 잠자코 지켜봐야만 할 문제인 듯싶다.

앤 박님과 헤어지고 공유 오피스텔로 돌아가 「번역가 K씨의 하루」를 다시 정신없이 썼다. 앤 박님과 만났을 때 느낀 복잡한 소회를 줄줄이 적다보니 어느새 오늘 스터디 교재를 읽을 시간이 됐다. 게다가 출판사에서 정해준 분량을 이미 넘고 말았다. 어쩔 수 없이 나는 「번역가 K씨의 하루」라는 이도 저도 아닌 장르의 글을 그만 마쳤고, 마친다.

팩트체커의
늦가을

황치영
출판 교정가

나라는 사람은 머리가 벗겨져 머리카락이 몇 올 남지 않게 된 이후로는 입고 꾸미는 데 거의 신경을 쓰지 않는다. 젊어 잘나가던 시절 바바리코트나 무스탕 외투를 입었다고 한다면 지금 나를 만나는 사람들은 믿지 않을 것이다. 휑한 모습의 늙은이의 거죽이 괜찮을 리 있겠는가. 예전에 집에서 불이 난 이후로는 겨울에도 잘 타지 않는 얇은 면바지를 입고 계절마다 한두 벌의 옷으로 나고 있다.

겉모습으로 드러나는 늙음은 머리뿐 아니라 굽은 허리에서 가장 두드러진다. 178센티미터쯤 되는 키였지만, 400~500쪽짜리 교정지와 원서와 사전 등이 담긴 가방을 들고 다니다보니 허리가 거의 70도 각도로 기울어버렸다. 젊은 편집자들이 "괜찮으세요?" "무겁지 않으세요? 들어드릴까요"라고 물을 때마다 조금 성가시면서 나의 늙음을 체감한다. 하지만 아직도 누구에게든 무엇을 들어달라 한다거나, 지하철에서 자리를 양보해달라고 눈길을 보낸 적은 없다.

지하철 안에 나이 든 사람들이 드문드문 서 있고 젊은이들은 앉아 있는 풍경은 익숙하다. 나는 그렇다 치고 젊은 승객들이 가끔 불편해 보이는 이들에게 자리를 내주면 좋을 것도 같은데 세태는 우리가 관여할 수 있는 영역이 아니다. 스마트폰과 이어폰이 그런 세태를 더 굳게 만들었는지도 모른다.

요즘 피부에 염증이 생기곤 하는데 한번 곪으면 가라앉질 않는다. 얼굴에 반창고를 붙이는 일이 잦아졌고, 그런 거울 속 모습을 잘 쳐다보지 않은 채 출판사든 박물관으로든 나선다.

팩트체커로서의 일과

내가 부여잡고 미련퉁이처럼 놓지 못하는 유일한 것은 지적 활동이다. 나는 평온하게 마음의 중심을 잡고 있지만 내가 죽은 뒤의 세상을 생각하면 불안하다. 그래서 오늘도 혼자 방구석에서 그 불안을 떨치려고 애써 한 글자라도 더 보려고 노력 중이다.

아침에 일어나면 신문부터 본다. 세상 돌아가는 얘기는 읽으면서 저절로 지난 세월과 역사와 견주어지며 머릿속에 입력시키고, 무엇보다 고유명사, 제목이 주는 정보, 기사 본문에 나온 외래어 표기법과 역사적 사실들을 자세히 살핀다. 풀과 종이와 형광펜을 색깔별로 준비해 중요한 인물과 사건과 숫자들은 가위로 오려 스크랩을 해둔다. 예전에는 ㅈ일보를 봤는데, ㄷ일보로 갈아탄 지 오래됐다. 무엇보다 ㅈ일보의 외래어표기법이 규정과 맞지 않는 게 많아 신경을 거슬리게 하기 때문이다. ㄷ일보는 시중에 나오는 일간지 중 외래어표기법과 맞춤법 등을 가장 모범적으로 쓴다. 남들이 내용을 볼 때 나는 표기에 좀더 주의를 기울이는데, 올바르지 못한 정보나 표기를 스리슬쩍 넘어가는 게 내게는 용납되지 않고, 무엇이든 정확하게 짚지 않으면 성미에 맞지 않기 때문이다. 출판사 편집자들이 넘겨준 원고에 스크랩해둔 기사와 동일한 내용 및 표기가 나오면 챙겨가서 양쪽을 대조하며 보여준다. 가끔 편집자들의 표기가 일간지 편집 기자와 달리 틀린 것도 종종 있어 올바름의 증거 자료로 제시하는 것이다.

신문을 읽으면서 라디오를 듣고, 내가 좋아하는 스포츠 중계도 틈틈이 본다. 영화나 드라마는 보지 않는다. 그래서 영화감독도 아는 사람이라곤 임권택 정도뿐으로 그쪽으로는 눈길이 도통 안 가지만 메이저리그 경기나 프로야구 경기는 꽤 챙겨서 보는 편이다.

출판사 편집자들은 주로 국어사전과 외국어 사전을 펴놓고 작업을 하지만, 내 경우 아무래도 문장 수정보다는 내용 오류와 표기 오류를 찾는 데 집중하다보니 실록, 각종 지방지, 박물관 도록 등 훨씬 더 근원적인 자료들을 자세히 찾아보는 편이다. 우리 세대와 달리 지금은 사전 편찬이나 역사서를 쓰는 전문가라 하더라도 자료를 의심하고 재차 확인하는 습관이 배어 있지 않아 오류가 군데군데 있는데도 그대로 출판물로 내놓곤 한다. 원사료를 찾아 내용의 옳고 그름을 점검하다보면 출판의 역사는 오류의 역사가 아닌가 싶을 만큼 우리는 허술한 정보와 글쓰기를 누적해왔다. (어쩌면 죄를 누적해왔는지도.) 학계의 교수들은 학문적 지식을 많이 쌓았을지언정 외래어표기법을 소홀히 하고, 또 숱하게 쓰는 사료의 연도나 한자 이름 등을 잘못 인용해 피곤을 안겨주곤 한다. 그래도 우리 자료를 수준 있고 읽을 만하게 가공해내는 저자들이 있으니, 정병설 교수나 정민 교수 등이 그러하다. 그들은 글쓰기나 자료 인용의 정확도 면에서 손에 꼽을 만하다. 실크로드 연구자 중 국내에서 독보적인 학자로 불리는 이가 있지만, 표기법을 국립국어원에서 정해둔 대로 따르지 않기에 내 관점에서는 훌륭하다고 할 수가 없다.

출판사 원고는 1~2주에 한 권, 도록은 한두 달에 한 권쯤 교정을 본다. 출판사에서는 인쇄 전 마지막 원고를 맡기는데, 주어지는 시간은 일주일 안팎이다. 편집자라는 직업이 존중할 만은 하지만, 최종 교정지에도 고칠 게 많은 것을 미처 잡아내지 못한 채 보내와 가끔 걱정을 불러일으킨다. 그것은 아무래도 텍스트에 실린 팩트들을 과신하는 데서 비롯된 습관 때문인데, 눈에 보이는 것을 그대로 믿는다면 그럴듯한 편집자라고 할 수 있을까. 국사편찬위원회에서 구축한 조선왕조실록 데이터베이스든, 국립국어원에서 구축한 어문법 규정이든 거기에는 많은 오류가 여태 고쳐지지도 않은 채 버젓이 국민에게 제공되어왔다. 그걸 바탕으로 하니, 혹은 그것마저 꼼꼼히 확인하지 않으니 편집자들의 원고에도 손이 많이 갈 수밖에 없다. 한길사 등을 거치며 몇십 년 잔뼈가 굵은 오실장은 그중 가장 신뢰할 만하다. 내 경우 편집자가 중요한 정보에서 맞게 본 것은 노란 형광펜, 틀린 것은 빨간 볼펜, 아리송해서 반드시 저자나 해외 출판사에 확인해야 할 것은 파란 볼펜으로 표시한다.

정리벽이 있어서 교정지에 표시한 것은 얇은 노트로 한 번 더 정리해 편집자에게 건네준다. 왼쪽 페이지에는 수정된 내용을 검은 글씨로 쓰고, 오른쪽 페이지에는 편집자가 원래 표기해놓은 오기 그대로의 내용을 적어둔다. 참고하라는 뜻이며, 또다시 틀리기 좋은 실수이니 한 번 더 살펴봤으면 하는 바람인 것이다.

박물관 원고는 국립중앙박물관 도록들을 주로 보고 문화재청,

한글박물관, 국립민속박물관 등 그 외 기관에서 의뢰가 들어오는 대로 최종 원고를 점검한다. 국립중앙박물관 학예사들 역시 자기 전문 분야를 섭렵하고 있을지언정 정확한 숫자나 인명에서 실수하는 경우가 생길 수밖에 없고, 또 외래어표기법은 별로 중요하다고 여기지 않기 때문인지, 아니면 표기법을 몰라서인지 틀리는 경우가 꽤 있다. 특히 이들 자료는 국가 기관의 자료로 영속적으로 남을 가능성이 커서 가능한 한 보탬이 되고 싶다. 출판사에서 받은 인쇄본 두 권 중 하나는 내가 보관하고 나머지 하나는 최근 함께 일한 학예사에게 준다. 마찬가지로 인쇄되어 나온 도록 두 권을 증정받으면 나머지 한 권은 출판사 편집자에게 선물로 준다. 서로 다루는 내용은 다르지만 참고하면 도움이 될 법한 내용이 제법 있기 때문이다.

교과서 최종 점검 작업에도 가끔 참여했는데, 교육부에서 발간한 『초등학교 사회과부도』는 마지막 수정 작업에 함께 참여해 지명이든 표기든 하나하나 검토했기 때문에 국내에서 나온 지리 관련 도서 중 오류가 가장 없을 것으로 자부한다.

예전에는 여행사에서 발간하는 지도 등의 자료를 봐준 적도 있으나 이미 코로나19 이전부터 그런 일감은 더 이상 들어오지 않는다.

여행사 얘기 나온 김에 한마디 덧붙이자면, 우리나라 역사서 집필하는 저자나 그것을 검토하는 편집자들은 부디 '현해탄'과 '대한해협'을 잘 구분해주었으면 좋겠다. 현해탄은 대한해협의 아주 작은 부분인데, 언젠가 「현해탄은 알고 있다」라는 작품을 누가 쓴 탓인지 사람들은 한국에서 일본으로 건너갈 때 '현해탄을 건너'라는 말을 관용어처럼 사용한다. 사실은 그것이 아니라 '대한해협을 건너'가 맞는 것이다.

일의 리듬과 삶의 리듬

나 같은 프리랜서(프리랜서라고 할 수 있을까. 그저 업무를 돕는 사람 정도일 것이다. 팩트체커라는 명칭은 낯설다. 이 일에 자부심은 있으나 정작 그런 직업을 가진 이는 나 외에 본 적이 없기 때문이다)는 주말과 평일의 구분이 없다. 타고나길 건강했던 것은 아니지만, 어려서 몹시 아플 때 어머니께서 한 달간 고깃국만 먹여 튼튼한 체력을 갖게 됐다. 졸리우면 아무 때나 자고, 중요한 교정 거리가 있으면 밤을 새우기도 한다. 어떤 날은 출판사 교정물과 박물관 도록 교정, 교과서 작업이 겹쳤는데 이때는 어쩔 수 없이 교과서-도록-단행본 순서로 작업했고, 여의치 않으면 가장 나중 것을 건너뛰었다. 어떤 책이든 중요하지 않겠는가만, 내 기준으로는 어쩔 수 없다. 오랜 기간 자료화될 것들, 공공성을 띤 것이 최우선이다.

아무 때고 잘 먹고 잘 자니, 생활의 틀을 따로 정해놓지 않는다. 음식을 양껏 먹지만 산해진미에는 욕심이 거의 없어 주어지는 대로 잘 먹는다. 술 담배도 젊어서의 습벽이었을 뿐 지금은 일절 하지 않아 몸과 정신을 덜 훼손하는 것 같다.

일감이 많으면 많이 하고, 적으면 적게 하면서 틈틈이 자료를 보고 뉴스를 본다. 일감이 없을 때 요즘 특별히 하는 것이 하나 있다. 내가 볼 자료들은 색색 볼펜으로 표기하고, 풀칠을 해가며 메모를 붙여 나름의 노트를 만들어두었지만, 내 사후 이것을 어떤 편집자가 참조하도록 따로 정리해두지는 못했다. 그래서 몇 가지 자료를 시간이 나면 만드는 게 요즘 내 일이다.

자료를 구축하지 않은(못한) 데에는 나름의 이유가 있다. 혈기왕성할 때는 국사편찬위원회든 국립국어원이든 직접 찾아가 데이터베이스상 잘못된 점들을 짚어 자료를 건네고 그런 것들을 시정해줄 것을 부탁(요구)하기도 했다. 하지만 나랏밥 먹는 사람들은 보직이 순환되는 데다, 그런 이유에서인지 업무가 쌓여 있다며 기존 것들을 고치려는 작업에는 열의를 드러내지 않아 나도 어느새 냉소적인 심사가 되어 반은 자포자기 상태인 것이다.

컴퓨터 프로그래밍을 할 정도로 한때는 컴퓨터를 능숙히 다루고 인터넷 자료 구축에도 열의를 보인 나였지만, 지금은 주로 손으로 한 자 한 자 써나간다. 그렇게 노트를 한 권 두 권 만들고 있다.

늙어보니

여느 노인들처럼 노후를 보내고 있지는 않다. 나란 사람이 여전히 일에서 자기 의미를 많이 느끼고, 삶의 보람도 챙기는 편이기 때문이다. 젊어서 현대차, 유공 등 여러 대기업을 거쳤지만, 젊은 혈기로 어떤 오류나 잘못들을 보아 넘기지 못한 탓에 내 직장생활은 성공 가도를 달렸다고 할 수 없다.

젊어 한때 잘나갔다는 유의 이야기는 남들에게 하지 않는다. 그것들을 누리고 잃는 과정에서 점점 본질에 해당되는 최소한의 것들만 남기며 살다보니 화려한 외관이 내게 중요하지 않게 된 지는 이미 오래다. 그보다는 때로 불뚝불뚝 솟는 불만의 심사들, 감정을 어떻게 다스리나 그런 데 더 신경이 쓰인다. 이미 젊은이들의 세상이 된 지 오래이고 그들이 더 잘하리라 믿지만, 낯선 것은 한두 가지가 아니다. 언젠가 주5일제가 되었고, 그 와중에도 편집자들은 1~2년 일하면 그만두기 일쑤여서 뭔가 진득한 모습을 보기 힘들었다(그런 가운데서도 남을 배려할 줄 아는 어떤 편집자를 보노라면 마음이 훈훈해지곤 한다). 기껏 알려주고 정성 들여놓으면 얼마

후 사라져 있다(어디서든 제 몫을 다하길).

내가 이미 칠십대 중반을 훌쩍 넘은 터라 겪어온 게 많다. 여기서 그것을 털어놓자니 쓸데없는 노인네의 푸념밖에 안 될 텐데 어쨌든 월남전 참전, 박정희 시대를 거쳐오면서 먹고사는 것의 가치를 우선시할 수밖에 없었다. 그러니 모든 것이 쓰레기가 되고 일회용품이 되며 사람마저 그렇게 얕은 호흡으로 삶의 리듬을 끌어나가는 것은 이해하기 어려울 때가 있다. 하지만 늙어보니 사람을 키워주고 다독여주는 것 외에는 별 방법이 없다. 노인네의 격려로 잘 자라주면 책의 오류가 좀 적어질 테고, 반대로 도무지 삶과 편집에 열의를 발휘하지 않는다면 편집자의 이름을 실추시킬 책이 나오리라.

그렇다고 내가 말을 계속 늘어놓을 수는 없다. 지금까지도 자료를 의욕적으로 내밀며 고쳐달라고 수십 곳에 이야기를 해왔지만, 고칠 사람은 고치고, 고치지 않을 사람은 귓등으로 넘겨버리기 때문이다.

자기위로를 일부러 하지 않더라도 살다보니 타인의 평가에 그리 휘둘리지 않게 되었고, 시선 역시 그리 의식하지 않게 되었다. 어렸을 때에는 저 잘난 맛에 공부를 소홀히 한 적도 있지만, 그런 오만은 군대 제대 후 하나둘 깨지기 시작했다. 공부 밑천이 훤히 드러나면서 하숙하던 시절 겨울에 차가운 물에 몸을 담궈 밤잠을 물리치며 다시 공부를 했다. 회사에 입사해 외국인 상사를 모신 적이 있는데, 그가 쓰는 언어는 원어민 영어 중에서도 무척 우아하고 정확한 것이었다. 그때 나 스스로 몹시 부끄러움을 느껴 그가 재직하는 동안 잘된 영어들을 꽤 익혀나갔다. 또한 그가 자기 모국어에 뛰어난 것과 대조해 나의 국어 실력이 형편없음을 깨달아 독학으로 처음부터 역사, 국어 등의 공부를 해나갔다. 그러던 중 1996년 문화부에서 발간한 자료들을 보게 되었는데 눈에 차지 않았다. 몇 개월간 그 자료들을 수정해서 부처 담당자에게 건넸고, 그 후 문화부에서 발간하는 『Handbook On Korea』를 석 달간 교정보는 업무를 맡기도 했다. 그렇게 하나둘 익혀온 것이 내가 회사를 그만둔 뒤 출판계까지 흘러 들어오게 만들었다. 젊은이들을 보노라면 젊음이 부럽지는 않은데, 그래도 숨이 차올라 거동을 하기 힘든 요즘, 젊은 체력이 부럽지 않을 수는 없다. 아주 가끔 지난날을 회상하며 지금 팩트체커의 프리랜서 생활은 늦가을을 지나는 중이다.

집순이의
마음

김영글
미술작가 · 돛과닻 대표

답답하지 않아요? 집에만 있는 것이 괴롭다며 누군가가 물었다. 사회적 거리두기로 외출이 제한되자마자 힘겨움을 호소하는 사람이 늘었다. 처음에는 좋았는데 며칠 지나니 죽겠다고도 했다. 나로서는 조금 신기한 반응이었다. 답답함이라니. 출퇴근 시각의 2호선 전철이나 행인들로 북적이는 명동 한복판이라면 모를까, 아무리 좁아도 포근하고 다정하기만 한 '집구석' 안에서는 당최 느껴본 적 없는 감정이었다.

그렇다. 나는 자타가 공인하는 집순이다. 자질이 빼어난 집순이에게, 코로나 시대가 던져준 비대면의 삶은 그리 어려운 숙제가 아니었다. 코로나가 국내에서 처음 발생한 것은 1인출판사 돗과닻의 문을 연 지 두 달쯤 지난 시점이었다. 나는 첫 단행본인 『모나미 153 연대기』의 개정판 출간을 마치고 지출증빙 영수증 떼는 법,

택배 저렴하게 보내는 법 등 자질구레한 출판 업무를 익히는 중이었다. 병아리 사장이 되고 보니 생각보다 할 일이 많았다. 그러나 업종 특성상 사람을 자주 만나거나 함께 해결해야 하는 일은 별로 없어 마음이 놓였다.

혼자서 하나씩 배워가며 하는 일이기에 더디고 어설프지만, 어쨌거나 돛과닻은 그럭저럭 순항 중이다. 미술작가라는 불안정한 직업에다 큰돈이 될 리 없는 1인출판사를 부업으로 얹은 것은 딱히 근사한 청사진이 있어서가 아니었다. 장기적인 전망을 생각하면 다른 사업을 시작하는 것이 나았을지도 모른다. 만들고 싶은 책을 자유롭게 펴내고 싶다는 바람 하나로 덜컥 시작한 일이었다. 당장 몇 년간은 득보다 실이 많을지 모른다는 계산도 뒤늦게야 섰다.

그래도 만족스러운 부분이 있다. 바로 시간과 공간을 자유로이 쓴다는 점이다. 나는 전업작가라는 단일한 정체성을 띠고 나이 드는 것에 대해 설명하기 어려운 거부감을 가지고 있다. 그런 까닭에 그동안 적잖이 한눈을 팔아왔다. 파트타임으로 출근하는 아르바이트를 한 적도 있고 이런저런 직종의 취업 전선을 기웃거려보기도 했다. 하지만 아침잠도 많은 데다 함께 사는 고양이들에게 최대한 시간을 내어주며 살고 싶은 나에게 정기적인 출퇴근 업무는 애초에 몸에 맞지 않는 옷이었다.

나는 집에서 혼자 일하는 게 즐겁다. 원래부터 집에만 있기를 좋아했는데, 쭉 그러라고 국가가 나서서 독려하니 내심 고맙기까지 했다. 덕분에 집에만 있어도 게으르고 한심한 예술가 취급을 받을 염려가 줄었다. 아무런 증상도 없고 누가 시키지도 않건만 나는 자주 스스로를 자가격리 시킨다. 어쩌다 약속이 있어 바깥 세상에 나가면 급격히 몰려오는 피로와 대면하게 된다. 업무에 수반되는 각종 미팅이 비대면으로 전환되는 것이 내게는 가장 반가운 소식이다. 많은 사람이 심리적 스트레스를 받고 있고 심지어 생명의 위협도 상존하는 상황인데, 재난의 시국이 이토록 편안하게 느껴져도 되는 걸까 하는 죄스러운 마음도 든다.

나의 일과를 시간순으로 소개하는 것은 참 어려운 일이다. 좀처럼 시간의 규칙에 따라 하루를 꾸리지 않는 탓이다. 특별한 외부 요인이 없다면 눈이 떠질 때 일어나고 배가 고플 때 먹고 졸릴 때 자는 편이다. 시간보다는 공간의 범주에 기대어 산다. 머무는 곳에 의미를 부여하고 패턴을 만들고 거기에 몸을 맞출 때 삶의 중력을 조금 덜 받는다고 느낀다. 그래서 나의 하루는 공간을 따라 흘러간다.

책상, 침대, 혹은 또다른 집들

대부분의 시간을 집에서 보내다보니, 가장 중요한 가구이자 집기 1호는 역시 안방에 있는 책상이다. 몇 해 전 저렴한 값에 구입한 고무나무 테이블로, 혼자 쓰기 적당한 넓이에 편안한 질감을 가졌다. 집에서 해가 가장 잘 드는 곳에 주인공처럼 놓여 있다. 책상은 내가 의식주와 업무를 해결하는 기본적인 생활 공간이다. 일과의 세부가 결정되는 작은 무대이기도 하다. 이곳에서 책도 읽고 글도 쓰고 인터넷도 하고 밥도 먹고 계산서도 쓰고 책 홍보 사진 촬영도 하고 뜨개질 같은 취미활동도 한다.

하나의 공간을 전천후로 활용하기 위해서는 나름의 태도를 갖추어야 한다. 대단한 것은 아니다. 그저 유연한 마음가짐으로 접근하면 된다. 원고 교정지를 읽다가 쉬고 싶으면 수시로 넷플릭스를 켠다. 영화를 보면서 요리를 하고 싶을 때면 노트북 앞으로 반찬재료를 가지고 와서 손질한다. 책상이 곧 식탁이자 조리대이자 독서대이자 작업대이자 고양이 소파라는 생각에 익숙해지면, 지루하지 않게 다양한 일에 번갈아 임할 수 있다.

한번 책상에 앉았다고 해서 시간이나 분량을 정해두고 일하지는 않는다. 성공한 소설가나 화가의 자서전을 보면 꼭 하루에 몇 시간씩 정해진 시간만큼 작업한다고 하던데, 작가로서도 편집자로서도 나는 그래본 적이 없다. 함께 사는 고양이가 책상 위로 올라와 키보드 치는 것을 방해하기 시작하면 대체로 책상의 시간은 끝이다. 나는 일을 잠시 멈추고 고양이의 요구를 들어주기도 하고, 부엌으로 옮겨가서 다른 집안일을 하기도 한다.

침대에 누워서 하는 일도 있다. 아이디어를 간단히 메모하는 일, 필요한 물건의 최저가를 찾아 쇼핑하는 일, 이메일을 확인하고 답장하는 일, 퇴고를 마친 글을 마지막으로 한 번 더 읽어보는 일, 간밤의 꿈 이야기를 적어두는 일, 이런 일들은 책상보다 침대에서 스마트폰으로 하는 게 잘 된다. 그러다 졸리면 낮잠도 잔다. 게으름은 프리랜서가 누릴 수 있는 몇 안 되는 달콤함 중 하나니까. 나는 최대한 게으르게, 몸과 마음이 지시하는 대로 설렁설렁 움직인다.

그러다가도 집중이 유난히 잘되는 날이 있다. 이때는 한자리에 앉아 오래오래 일을 한다. 불 켜는 것도 잊고 어둠이 내려 사위가 어둑해질 때까지, 배가 고프다는 사실을 꼬르륵 소리로 인지할 때까지 말이다. 초집중 모드로 전환된 내 모습을 본 적이 있는 한 친구는 말했다. 몸 주변에 동그랗고 투명한 유리막을 친 것 같았다고. 그럴 때면 고양이도 나를 조금 건드려보다 마는 것 같다.

혼자서 공간을 독점하며 일하는 데에 오랜 시간 익숙해지다보니 조금은 비효율적인 습관도 생겼다. 단순한 반복 노동에 가까운 일은 상관없지만 머리를 굴려야 하는 단계에 있는 작업은 근처에 누가 있으면 잘 하지 못하는 사람이 되어버린 것이다. 예를 들어 글의 초고를 쓸 때나 세밀한 수정이 필요한 작업, 꼭꼭 씹어 삼켜야 하는 독서에는 반드시 혼자만의 공간이 필요하다. 하지만 여러 차례 다듬어진 글을 교열 볼 때나 이따금 외주 아르바이트로 맡는 디자인을 할 때, 또는 인터넷 자료를 리서치할 때처럼 긴장을 조금 풀어놓아도 되는 일에는 공간의 제약이 적어진다.

게다가 하루 종일 혼자서 지내다보면 환기가 필요하다. 그럴 때면 동네 단골 카페에 간다. 이 카페는 커피 주문 후 두 시간 이내에 리필이 가능해서, 커피 두 잔을 동력 삼아 네댓 시간 정도 바람 쐬는 기분으로 일하고 싶을 때 찾으면 좋다. 적당한 소음과 일정하게 거리를 둔 타인의 존재감은 생각을 새로고침하는 데 도움이 된다. 이 글도 초고는 집과 작업실의 책상 위에서 쓰고, 퇴고는 카페와 난지천 공원 벤치에서 했다.

아무튼 막연한 상상 속에서 이야기를 만들어나갈 때 방구석에만 있어서는 새로운 아이디어의 개입이나 우연한 사고의 전환을 기대하기 어려운 것 같다. 익숙하고 친밀한 책상 위에서 나는 나 자신과만 내밀하게 대화하려는 습성을 갖고 있기 때문이다. 지난해 쓰고 펴낸 책 중에 『사로잡힌 돌』이 있다. 돌을 다룬 예술작품들에 대한 일종의 이미지 비평서다. 그 책은 제주 우도의 아티스트 레지던시 숙소에 머물면서 완성했다. 낯선 섬마을의 환경은 평범한 돌을 다른 시선으로 읽어내려는 기획에 잘 어울리는 배경이 되어주었다. 눈으로 보이지는 않지만 그 방에서 들리던 바람 소리와 창밖으로 끝없이 펼쳐진 땅콩밭의 풍경이 책 어딘가에는 깃들어 있을 거라고 생각한다. 그렇게, 일시적으로 거주하는 작업실이나 여행지에서 남긴 글에는 공간이 준 에너지가 지문처럼 간직되어 있다.

집순이의 마음은 모순적이다. 집에 있어도 집에 가고 싶고 이불 밖은 무조건 위험하게 느껴지는 그런 상태가 대부분이긴 하지만, 동시에 늘 집 아닌 곳에 집을 구축하는 상상을 한다. 공간에 기대고 의지하는 사람일수록 하나의 공간에 매몰되지 않으려는 노력이 중요해진다. 돌아오기 위한 목적으로 떠나는 여행자처럼, 진정한 집순이는 집이라는 베이스캠프를 온전히 누리기 위해 짧고 긴 외출들을 적절히 안배한다. 바깥으로 나간다는 행위의 의미가 사뭇 달라진 지금이지만, 각자가 운용할 수 있는 만큼의 기동성과 융통성을 발휘할 필요는 더 커진 것 같다.

천변 산책

요즘 불광천에는 가을이 한창이다. 하나둘 물들어가는 가로수 아래 키 낮은 억새가 지천으로 피어 있고 둑을 뒤덮은 들꽃 덤불들 사이로 이따금 왜가리가 모습을 드러낸다. 이 동네로 셋집을 얻어 이사 오면서 이런 풍광을 가까이 누리는 기쁨을 덤으로 얻었다. 그래서 일과에서 산책의 비중이 늘었다. 특히 어둠이 내린 뒤 고요한 천변을 따라 걷는 밤 산책은 무엇과도 바꾸고 싶지 않은 즐거움이 되었다.

사회적 거리두기 단계가 격상되어 헬스장도 요가원도 문을 닫았을 때는 천변에 산책자가 부쩍 늘어났다. 평소에 누리던 호젓함은 다소 포기해야 했다. 그래도 각자의 템포로 걷는 산책에서 어느 누구도 방해가 되지는 않는다. 스포츠 정신이라곤 없는 나에게 산책은 최고의 운동이다. 목적도 경쟁 상대도 없이 가볍게 걷는 시간은 굳은 몸을 풀고 마음을 다독여준다. 도시 한복판에서 한 자락의 자연을 발견하는 일도 좋다. 그러나 산책의 가장 훌륭한 점은, 걷는 동안 내 안에 축적되어 있던 부정적인 생각들이 뚜껑을 열어놓은 유리병 속의 탄산처럼 천천히 몸에서 빠져나간다는 것이다. 산책을 하기 전과 후의 나는 언제나 조금씩 다르다. 산책은 스스로와 나누는 가장 좋은 대화임에 틀림없다.

불광천은 홍제천과 만나서 한강으로까지 이어진다. 길게 뻗은 천을 따라 마냥 걷다보면 모든 것이 끊임없이 움직이고 있고 연결되어 있다는 사실을 알게 된다. 가을이 겨울로, 겨울이 봄으로 이어지듯이, 강은 또 다른 강으로 이어진다. 시간은 덧없이 흘러 어딘가로 사라지는 것이 아니다. 한 자리에서 소멸한 존재가 몸을 바꿔 다른 장소에 다시 거하도록, 시간은 만물을 운반하느라 계속해서 돌아다니고 있다는 생각이 든다. 그렇게 생각하면 혼자 걷고 있어도 이상하게 외롭지가 않다.

산책은 '디스크 조각모음'을 실행하는 시간이기도 하다. 걷는다는 단순한 행위가 반복되는 동안 내 몸은 나도 모르는 사이에 뿔뿔이 흩어져 떠돌던 기억과 조각난 감정들을 갈무리해 가지런히 정돈한다. 그러면 한 장의 찢어진 일력처럼 가치 없게 느껴지던 하루도 소중히 다시 기록되곤 한다. 귀가하는 길, 잘 복구된 마음이 혼잣말을 한다. 낮 동안 방구석에서 행한 그 모든 시도가 그리 헛되기만 한 것은 아니라고. 심지어 아무 소득 없이 멍 때리며 보낸 시간들조차도.

서랍 사용법

언젠가 방에 있는 서랍의 개수를 무심코 세어본 적이 있다. 무려 마흔 개가 넘었다. 작은 방 안에 웬 서랍이 그렇게나 많은지 깜짝 놀랐다. 손바닥만 한 문구용 플라스틱 수납함이든 커다란 원목 서랍장이든, 아무튼 내가 서랍이 달린 가구를 좋아한다는 사실만은 확실해 보였다. 물건에만 적용되는 취향은 아닌 것 같다. 노트북과 외장하드 속에도 무수한 서랍을 만들어놓는다. 뭐든 꼭 하위 항목을 만들고 이름을 붙여 분류해두어야 마음이 놓이는 모양이다.

이렇게 카테고리별로 분류하고 보관하는 버릇은 다양한 역할을 동시에 수행해야 하는 사람에게 유용할 수 있다. 짧은 하루 동안에도 나는 여러 개의 정체성을 오가며 일한다. 개인 작업물을 만들고 전시를 준비하는 작가, 출판사를 알리고 홍보하려 애쓰는 병아리 사장, 원고를 매만지는 편집자, 각종 아르바이트와 프로젝트의 마감에 시달리는 외주 노동자, 일상의 과제들을 수행하는 생활인, 세 마리의 고양이를 모시는 집사 등등. 이들은 모두 내가 가진 하나의 몸 안에 있고 역할이 조금씩 겹쳐 있기도 해, 그때그때 스위치를 누르듯 간단히 모드를 전환하기란 쉽지 않다. 그럼에도 폴더별로 분류된 가상의 공간 덕분에 조금은 수월하게 여러 업무를 오갈 수 있는 것 같다.

얼마 전 애플 앱스토어에서 나의 디지털 서랍 관리에 능률을 올려줄 귀여운 프로그램 하나를 구입했다. 데스크톱 속 폴더의 색깔을 마음대로 바꿔주는 프로그램이다. 나는 서랍장에 페인트칠을 하는 기분으로 폴더 색깔을 하나씩 지정해주었다. '돛과닻'은 파란색으로, '신작'은 노란색으로, 그리고 '2019 공모지원'처럼 이미 과거의 영역이 된 것은 회색으로.

참고로 고백하자면 나의 카테고리는 특별히 일목요연하거나 구조적이지는 않다. 주관적이고 이름도 제멋대로다. 일례로 바탕화면 한쪽 구석에는 '놀고싶다' 폴더와 '화가난다' 폴더가 상주하고 있다. 간간이 수집한 동물 짤이나 흥미로운 읽을거리는 '놀고싶다' 폴더에 스크랩했다가 심심할 때 들어가 본다. '화가난다' 폴더에는 주로 골치 아픈 서류들을 모아둔다. 기금 수혜를 받은 해의 연말정산 시즌이 되면 '화가난다' 폴더에 자료를 몽땅 집어넣고 며칠 동안 열심히 정산 처리를 한다. 백업까지 마치고 난 뒤에는 폴더를 클릭해 통째로 휴지통에 버리는데 그 쾌감이 제법 크다.

찬장 앞에서

누군들 그렇지 않겠냐만, 프리랜서는 더 잘 먹어야 한다는 게 나의 지론이다. 특히 혼자 사는 경우라면 두 번 세 번 강조해도 모자람이 없다. 일상의 운행을 건강히 해내기 위해서는 스스로 부지런히 챙겨 먹어야만 한다. 그런데 여기서 잘 먹는다는 것이 단순히 영양가 있는 음식을 많이 먹는다는 뜻만은 아니다.

여느 프리랜서들처럼 나도 '혼밥'에 익숙하다. 그리고 되도록이면 '집밥'을 하루 한 끼 이상 만들어 먹으려고 노력한다. 혼자서해 먹는 집밥이라는 것이 허기를 달래는 요기 이상이 되기는 쉽지 않다. 식사 시간도 규칙적이지 않거니와, 보는 이도 나눠 먹을이도 없는데 정성 들여 차릴 필요나 이유를 못 느끼게 마련이다. 20대 때는 나도 냉장고에서 대충 음식을 꺼내 최대한 빠르고 간단히 끼니를 해결하곤 했다.

그런데 야간 작업과 불규칙한 식습관으로 점철된 생활이 몇 년간 쌓이면서, 젊음으로 지탱하던 건강이 차츰 막다른 골목에 다다르고 있다는 느낌을 받았다. 급기야 한번 단단히 아프고 난 뒤 식사에 대한 생각이 크게 바뀌었다. 신경 써서 스스로를 밥해 먹이는 일이 육체적 건강뿐 아니라 그 몸에 깃든 마음을 정성스레 돌보는 일이기도 함을 알게 된 것이다.

채식 위주로 식습관을 유지하고 먹거리의 내용에 관심을 기울이는 한편, 나는 형식적인 것에도 부러 신경을 쓴다. 혼자서 먹더라도 고운 매트를 깔고, 대단치 않은 반찬이라도 가짓수대로 그릇에 보기 좋게 담아 낸다. 자랑 삼아 사진을 찍어 올리기도 하지만 사실 누구 보기 좋으라고 하는 수고는 아니다. 어떤 의미에서는 혼자라서 가능한, 불필요한 의례에 가깝다. 내가 나를 잘 돌보고 있다는 확신, 어디 아픈 곳 없이 오늘도 한 끼 무사히 차려 먹었다는 감사함, 그리고 거기서 오는 마음의 안정은 설거지를 조금 더 하는 귀찮음 정도를 상쇄하고도 남는다.

집밥에 관해 생각하다보면 뜬금없게도 알베르 카뮈의 『이방인』이 떠오를 때가 있다. 유독 기억에 남는 문장이 있어서다. 엄마의 장례를 치른 후 종일 발코니에서 거리 풍경을 내다보며 무료한 시간을 보내던 뫼르소가 "저녁을 만들어서 그냥 선 채로 먹었다"라고 서술하는 부분이다. 그 문장이 어쩐지 뫼르소라는 인물에 관해 많은 것을 말해준다는 생각이 들었다. 어김없이 주어지는 일상을 그저 영위하기 위한 행위. 무언가 하기는 해야 하니까 신문을 읽고 섹스를 하듯이, 먹기는 해야 하니까 먹는 행위. 나는 나의 집밥이 그 근본적인 허무를 이겨내려는 작은 노력의 반복이었으면 좋겠다. 그래서 오늘도 찬장에서 가장 예쁜 그릇을 골라 꺼낸다.

혼자 하는 일

1인출판은 말 그대로 하나부터 열까지 모든 것을 혼자 감당해야 하는 일이다. 기획부터 섭외, 교열, 홍보, 판매, 유통, 정산에 이르기까지. 그 전체 과정에서 내가 가장 좋아하는 일은 포장이다. 책을 쌓아놓고, 적당한 노동요를 튼 다음, 봉투에 책을 넣고 주소를 붙이는 단순노동. 아무 생각 없이 손을 움직이는 단순한 작업을 원래 좋아해서인지 아니면 '팔았다'는 기쁨 때문인지는 모르겠다. 어쨌거나 포장하는 시간만은 늘 마음이 평화로웠다.

지난여름 텀블벅 후원자들에게 책을 보내면서 처음으로 포장업체를 이용해봤다. 일반 배송비와 별반 차이도 없는 약간의 인건비를 드리면 업체에서 책을 포장하고 주소를 프린트해 붙여서 하루 만에 깔끔하게 배송해주신다. 1회 배송이 100건만 넘어가도 써볼 만한 서비스 같았다. 그런데 할 일을 하나 덜었는데도 기분이 좋지만은 않았다. 내 손으로 책을 독자들에게 떠나보내는 시간을 잃은 것이 못내 아쉬웠다. 그 고요하고 하릴없는 단순노동의 시간. 책을 봉투에 넣다가 괜히 펼쳐 한두 구절 되새김질해 읽기도 하고, 스티커를 붙이며 낯모르는 독자들의 이름과 주소를 무슨 대단한 정보라도 되는 양 읽어보곤 하던 그 시간을 빼앗겼다니…….

종종 그런 생각이 든다. 나중에 혹시 돛과닻이 너무 잘되면 어쩌나 하는 바보 같은 생각. 물론 내가 만드는 책이 많은 사람에게 가닿고, 출판사가 괜찮은 수익을 거두어 안정적으로 자리 잡기를 바라 마지않는다. 그러나 출판사의 몸집이 커질수록 혼자서는 하기 벅찬 일이 늘어날 테고, 그 일들은 대량화된 시스템이나 고용된 타인의 손에 맡기게 될 것이다. 그러는 동안 어떤 종류의 작은 기쁨들도 함께 떠나보내야 하리라는 사실을 안다.

액셀로 뽑은 주소 파일을 포장업체에 간단히 넘긴 뒤, 허전한 마음을 감추기가 어려웠다. 하지만 씩씩하게 생각하기로 했다. 원하는 것만 가지는 건 공평한 게임이 아니다. 동전의 앞뒤 면처럼 붙어 있는 노동의 피로와 보람도 마찬가지 아닐까? 기억해야 할 것은, 혼자서 일하는 기쁨은 누릴 수 있을 때 실컷 누려야 하리라는 것이다.

한편 혼자 하는 듯이 보이는 일에도 타인과의 관계가 숨어 있다는 사실을 상기할 때가 있다. 돛과닻의 두 번째 책을 만들면서 나는 편집자의 역할과 의미에 관해 새로이 배웠다. 고양이와 함께 하는 삶에 관한 미술가들의 에세이집 『나는 있어 고양이』는 나를 포함해 여덟 명의 저자가 함께 썼다. 책을 제작하고 세상에 내보내는 과정에서 여러 필자와 디자이너는 물론이고 추천사를 부탁드릴 분들, 온라인 서점 MD, 서점 주인, 기자 등 다양한 사람과 소통해야 했다. 여러 사람과 메일을 주고받고 문서를 확인하는 일에는 꽤 많은 시간과 품이 들었다. 출판이라는 일은 지면과 활자만이 아니라 사람을 향해서도 에너지를 많이 써야 하는 일이었던 것이다. 1인출판이라는 작은 규모 속에서도, 비대면 시대의 업무 시스템 속에서도 마찬가지였다. 그러고 보니 세상 모든 일이 사람과 사람 사이에서 일어나는 것이라는 새삼스러운 진실이 눈에 들어왔다. 이렇게 기본적인 것부터 다시 학습하고 있으니, 참 갈 길이 멀다.

집순이의 마음

내향적인 사람이란 타인과 만나기를 싫어하는 사람이 아니라 만나고 돌아온 뒤 혼자만의 시간을 충분히 가져야 하는 사람이라는 얘기가 있다. 나도 그렇다. 귀가 후에는 외출 시간의 몇 배에 달하는 회복 시간이 필요하다. 그런데 집에만 있어 버릇했더니 회복에 소요되는 시간이 점점 더 길어지는 것 같다. 때로는 만난 사람의 수에 비례하고 때로는 대화의 피로도에 비례하는 이 회복 시간을 충분히 확보하기 위해 나는 꽤 공을 들인다. 중요한 용무가 있는 시점이 아니라면 단체 대화방의 알람은 모두 꺼둔다. 그리고 고양이들과 눈을 오래 맞춘다. 가만히 누워서 체온을 나눈다. 언어는 통하지 않지만 함께 호흡을 고르는 것만으로도 몸과 마음이 편안해진다. 내향성 인간들에게 고양이란 영혼의 급속충전기이며, 혼자이면서 함께인 상태를 누리게 해주는 일종의 축복이다.

그런데 집순이의 마음은 좀 복잡하다. 이 폐쇄적인 시공간을 휴식으로 누리는 여유가 모두에게 가능하지 않다는 사실을 알기 때문이다. 발이 묶인 상황이 생계의 고난으로 직결되는 직업군도 많을 것이다. 또 사람 아이는 고양이와 달라서, 동거인이 얼마나 오래 이불 속에서 함께 뒹굴거려주는가에 행복의 척도가 달려 있지는 않을 것이다. 아직도 나는 집이 답답하지는 않다. 하지만 시간이 갈수록 그리운 것들이 늘어간다. 친구들과 경쾌하게 술잔을 기울이는 자리. 국경을 넘어 훌쩍 이동하는 여행. 자유로운 전시와 영화 관람. 마스크 필터를 거치지 않고 들이마시는 아침 공기와 밤바람. 다시 돌아오지 않을 계절처럼 애틋한 것들의 목록을 하나하나 적어보면서, 일상의 풍경과 조건이 다시금 달라질 날이 올까 궁금해졌다. 그때까지 우리는 꿋꿋이, 열심히, 적극적으로 혼자여야 할 것이다.

가끔 나는 자문해본다. 혹시 스스로에게 너무 관대한 것은 아닌가? 조금만 피곤하면 쉬라고 하고, 작은 미션 하나라도 완료하면 마구 보상을 주려 하니, 이거 너무 자신을 삼대독자 대하듯 하는 것 아닌가? 그러나 프리랜서라는 캄캄하고 외로운 터널에 들어선 이상, 나는 억지로라도 나에게 잘해주려는 태도를 조금 더 고수하고자 한다.

자신에게 가혹해야 발전할 수 있다는 세간의 믿음에 나는 동의하지 않는다. 평균적으로 현대인은 육체적으로나 정신적으로나 충분히 스스로를 혹독하게 대하고 있다. 특히나 문화 예술에 종사하는 이들은 즉각적이고 가시적인 성취로 잘 계량화되어 드러나지 않는 창작활동에 대한 자괴감 탓에 더욱 그렇다. 그러니 남에게 피해를 끼치지 않는 선에서라면, 좀더 스스로를 오냐오냐 대해도 괜찮다고 생각한다. 삶의 질을 높이는 일은 별다른 게 아니라 마음이 요구하는 바를 귀담아듣는 데서 출발하기 때문이다.

정말로 중요한 문제는 그다음에 온다. 스스로를 아낀 힘으로 타인도 아끼고, 자기 내면을 살핀 눈으로 세상도 살피고 헤아리는 일. 그래서 세상에 꼭 필요한 목소리와 시선을 만들어내는 일. 쉽지 않은 그 단계를 가능케 하는 마음의 근육이 사실은 자기 돌봄의 지난한 노력 속에서 키워지는 거라고, 집순이는 오늘도 굳게 믿고 있다.

음악을 듣고
쓰고 말하는 사람의 일상

이지영
클래식 음악 중개자

무슨 일 하는 사람이냐고 질문을 받으면 세 개의 명함을 내밀 수 있다. 공연 계간지 『클럽 발코니Club BALCONY』를 만드는 편집장, '한화클래식'을 비롯한 공연을 기획하는 제이에스바흐 프로덕션의 실장, 그리고 음악가와 음악 단체를 후원하고 영재를 발굴하는 대원문화재단의 전문위원 명함이다. 세 회사에서 직함을 주긴 했지만 모두 비상근직이다. 정기적으로 출근을 안 한다 해도 프로젝트 하나를 완성하기 위해 시작부터 마무리까지 몸과 마음을 다 쏟아붓고 있는 용병이다. 가끔 마이크를 앞에 두고 음악 관련 이야기를 하는 일도 맡는다.

혼자 글쓰기, 음악에 대한 이야기

직장생활은 클래식 음악 월간지 기자로 시작했는데, 사회 초년생에게 기자 명함은 많은 길을 열어줬다. 좀더 알고 싶은 유명 음악가를 찾아가 질문을 던지고, 보고 싶어서 공연 보고 기사를 쓰는데 월급도 받았다. 감사해서 열심히 일했다. 기획한 원고를 잘 완성하는 것이 임무였고, 읽기와 쓰기에다 음악이라는 요소까지 어우러지니 야근도 행복했다.

지금도 클래식 음악 원고를 쓴다. 공연 프로그램 노트, 공연 진행을 위한 스크립트, 공연 프리뷰, 기획 기사 기고 등인데, 알 만한 월간지나 극장, 오케스트라, 방송, 기획사에서 아직까지 원고 요청이 꽤 들어온다.

글 쓰는 일 자체는 다 비슷할 거라 생각하겠지만, 음악 관련 글에는 다른 지점이 있다. 쓰는 사람도, 읽는 사람도, 결국에는 '음악을 들어야' 완성된다는 것이다. 내용만 알아도 충분할 때가 있긴 하나, 들리는 것을 보고 읽고 공감할 수 있어야 하기에 음악 글쓰기에는 한계가 따를 수밖에 없다. 심지어 대중 음악처럼 직관적이지 않은 클래식 음악이니 더 난감하다. 그래서 여러 사람들이 클래식 음악에 거리감을 느끼는 것 같다.

하지만 과거의 작곡가들과 그들의 작품을 통해 시간여행과 문화여행을 할 수 있는 것은 클래식만의 매력이다. 그 시대, 저 나라의 이야기이고 음악이지만, 오늘 내 하루의 감성과 마음속 가장 고요한 지점에 음악이 들어올 때 큰 위로를 받는다. 설명할 수 없기에 눈물이 맺히는 '음악 중독의 역설'이랄까.

원고는 오래 썼어도 늘 어렵다. 써야 할 내용이 손끝에서 막혀 나오지 않으면 괴롭다. 퇴고할 때 연차만큼 글이 더 간결해지고 유머도 배어들면 좋겠지만 남아 있는 것은 온통 진지함뿐이라 불편할 때도 많다. 원고는 의뢰받는 즉시 쓸 때도 있지만 뜸을 들이는 경우가 대부분이다.

공연, 예를 들어 피아니스트 임동혁의 베토벤 피아노 협주곡 3번의 협연을 리뷰한다고 치자. 임동혁은 어떤 피아니스트인가, 오늘 연주는 어땠나, 베토벤은 어떤 작곡가인가, 그가 작곡한 피아노 협주곡은 전체 음악세계에서 어떤 의미일까, 특히 5개의 피아노 협주곡 중에서 '3번'의 가치란? 만약 비슷한 연령대 혹은 이 작품으로 큰 획을 그은 선배 연주자가 있다면 무엇이 임동혁의 연주와 다른지 등을 생각해본다. 하나의 연주를 듣고 쓸 수 있는 주제와 조합은 이외에도 많다. 무엇에 초점을 둬야 할지 고민할 시간이 필요하다. 자료를 찾다보면 샛길로 빠지기도 하고, 전문 서적과 악보를 찾아보기도 한다. 두껍지 않은 작곡가 평전 한 권을 다 읽어버린 적도 있다.

뜸 들이는 원고가 꼭 좋다는 법은 없어서 마감에 쫓겨 타이핑부터 시작한 원고가 더 나을 때도 있다. 2019년 여름, 피아니스트 조성진의 모차르트 앨범이 발매돼 글을 써야 했던 적이 있다. 세 시간 만에 원고를 완성했다. 연주의 완성도가 높아 들리는 대로 썼더니 글이 저절로 꼴을 갖춘 것이다. 도서관에 앉아 이어폰으로 앨범을 들으며 쉬지 않고 자판을 두들겼다. 이 앨범은 조성진 최고의 앨범이다.

> 조성진의 모차르트에는 다소 사색적인 청년의 풋풋함, 순수함이 담겨 있다. 환상곡 d단조 K.397을 들어보자. 5분짜리 길지 않은 호흡 안에서 수없이 바뀌는 빠르기, 그에 따르는 악상과 감정의 변화를 어떻게 표현하는지 집중해서 듣다보면 순식간에 빨려 들어가게 된다. 그 짧은 연주 때문에 심장박동이 빨라진다……

잡지는 오늘도 만들고 있다. 1년에 네 번, 공연기획사 크레디아가 발행하는 『클럽 발코니』다. 예전에는 잡지 한 권과 음반 리뷰 부록 한 권, 총 두 권을 매달 만들었는데, 그것을 감당하고 지내온 젊은 시절이 안쓰럽기도 하다. 원 없이 최선을 다해 만들었고, 지쳤을 즈음에 회사가 문을 닫았다. 지금은 다른 일을 하면서 잡지

만드는 일을 병행할 수 있어서 좋다.

팀워크로 일하기: 공연 만들기

잡지사에서 8년간 근무한 뒤 시 산하 문화재단이 운영하는 극장에서 뒤이어 8년간 일했다. 신문과 방송을 위한 보도자료를 작성하고, 공연을 비롯한 사업 전반을 홍보하고, 연설문을 작성했다. 감사 시즌에는 여기저기서 요청하는 자료도 만들었다. 부서별 입장을 알고 이해하고 조직사회와 문화 행정을 경험한 것은 내게 큰 자산이 됐다. 극장 근무의 절반은 홍보미디어실, 절반은 공연기획부에서 했다. 재미있었지만 항상 이 생각을 품고 다녔다. '언제 퇴사하는 게 좋을까.' 음악에만 집중하고 싶었고, 음악 가까이에만 있고 싶었기 때문이다.

지금은 제이에스바흐 프로덕션과 한화그룹의 클래식 공연 브랜드 '한화클래식'을 무대에 올리고 있다. 초청 아티스트 선정과 섭외, 일정 짜기, 극장 대관과 연주자, 티켓, 인쇄물 관리를 함께 한다. 언론과 관객들을 향해 쓰고 말하며 무대 앞뒤를 오가는 일이다.

글쓰기와 잡지 편집, 공연 기획은 일하는 방식과 스케일 모두 다르다. 글쓰기는 처음부터 끝까지 혼자, 방구석에서도 할 수 있다. 잡지는 발행인, 필자, 디자이너, 기획사 등과 일한다. 인터뷰가 있다면 연주자 및 담당 매니저 등과 점검할 일이 생긴다. 공연은 아티스트, 스태프, 관객, 극장 시스템과 유기적인 관계 속에서 만들어진다. 무엇보다 중요한 것은 팀워크이고, 따라서 성취감도 팀이 함께 누린다.

우리가 초청하는 이들은 대개 '고음악' 연주자·단체로서 모차르트와 베토벤 이전 시대인 17~18세기 초 바로크 음악을 전문적으로 연주한다. 클래식 중의 클래식인 셈이다. 일반 클래식 음악 애호가도 생소하게 느낄 수 있는 음악세계이기 때문에 해설과 공감 코드 발굴에 더 신경을 써야 한다. 국내에 소개된 자료가 없을 수도 있고, 기자와 평론가들도 잘 모르는 경우가 많아 자료를 잘 정리해야 한다.

공연의 매력을 어디서 찾아야 관객의 공감을 얻을 수 있을지에 대한 대중적이고 현실적인 고민도 필요하다. 공연마다 감상의 포인트는 무엇일지, 생소한 고악기를 설명하고 보여주는 영상을 제작하기도 했다. 영화에 등장해서 알려진 고음악을 프로그램에 넣기도 했다. 박찬욱 감독의 영화 「친절한 금자씨」에 등장했던 자장가 〈엄마, 엄마, 날 울리지 말아요Mareta, Mareta No'm Faces Plorar〉를 연주한 아티스트 조르디 사발을 2019년에 초청했다. 무대 뒤에서 서로 존경하는 두 거장, 사발과 박 감독님을 만나게 해드렸다. 두

분의 행복한 표정을 보니 같이 흐뭇했다. 이런 일 하면서 얻는 보람이자 재미다.

공연 준비는 아티스트 섭외부터 시작된다. 초청할 수 있는 날짜와 공연장의 일정을 확인하고 조율하는데, 늦어도 공연 1년 6개월 전에 확정된다. 날짜가 정해지면 연주자 에이전트와 수십 통의 메일을 교환하며 프로그램을 정하고, 인원과 이동 일정을 조율하고, 입국 후 숙소와 이동 등 여러 조건을 준비한다. 고음악 연주자들 중에는 유독 채식주의자가 많아 리허설 때 먹을 샌드위치에도 신경을 써야 한다.

프랑스 바로크 오페라 무대를 준비할 때의 일이다. 요구 조건이 까다로워 팀 내에서도 무대장치, 항공, 숙소, 프로모션 등 담당을 나눠가며 수십 통의 메일이 오갔다. 안 그래도 시차 때문에 금요일부터 월요일 오후까지 사흘 정도 연락이 원활하지 않았는데, 프랑스의 긴 여름휴가가 시작되자 어느 누구와도 연락이 닿지 않았다. 국내 초연인 무대 세팅이라 할 일은 태산처럼 높이 쌓여 있는데, 할 수 있는 일이라곤 기다리는 것뿐이었다. 공연을 한 달 반 앞두고 다시 연락이 닿았다. 결국, 프랑스의 업무 시간에 맞춰 자정 무렵부터 마치 실시간 채팅 같은 메일이 오갔다.

서둘러 일하다보니 프랑스 팀 내 착오로 큰 손해가 날 뻔한 일이 있었다. 공연 전이니 액땜했다는 생각했지만 공연이 끝날 때까지 사건사고는 끊이지 않았다. 단원들의 숙소 앞에서 열린 대규모 행사로 인해 도로가 통제되어 일정에 차질을 빚을 뻔했고, 오케스트라를 인솔해야 하는 나는 전날 새벽에 응급실을 다녀와야 했던 작은 사고가 있었으며, 공연 해설을 맡은 교수님마저 극장으로 오시다가 교통사고를 당해 내가 해설자 언더커버가 될 상황에 놓이기도 했다. (다행히 교수님은 잘 도착하셨고, 컨디션은 크게 나쁘지 않아 그런 일은 일어나지 않았다.)

프로덕션 대표는 결국 세 번 울음을 터뜨렸지만, 공연은 잘 마무리되었다. 언론의 리뷰는 호의적이었고, 그런 기사를 뿌듯한 마음으로 며칠씩 검색해서 봤다.

모든 공연이 많은 이야깃거리를 남긴 채 끝난다. 치열하게 밀어붙여오다가 극장 불이 꺼지면 허무하기도 했지만, 비밀스러운 기억이 사라져버릴까봐 더 꽉 움켜쥐게 된다. 티켓 한 장에는 이렇게 많은 이야기가 녹아 있다.

혼자 일하거나, 같이 일하거나, 말하거나

방송은 지면으로만 소개했던 음악을 실컷 틀어준다. 음악을 직접 듣고, 그 음악에 대한 얘기를 나눌 수 있어 좋다. 잡지사와 극장에서 일하는 동안 KBS 클래식 FM과 1라디오 패널로 출연했다. 도합 12년, 한 주도 빠짐없이 음악계 뉴스, 새 앨범 소개, 공연 소식을 전달했다. 음악을 함께 듣고 감상을 나누면 공감대 형성이 더 쉽게 이뤄진다. 특히 라디오가 음악 듣고 얘기 나누기에 훨씬 좋다. 조용한 공간에서, 마주한 몇 사람과 진솔한 감정을 나누는 듯한 기분이다.

3년 전부터 〈술술클래식〉이라는 인터넷 방송을 하고 있다. 『클럽 발코니』를 만드는 크레디아에서 나를 포함해 업계 종사자 3명이 'B급 클래식 음악 토크'를 표방한 프로그램을 만들었다. 음악 정보 전달에 충실하되, 업계 관계자들만 알고 있는 야사도 전달하고, '농담 따먹기'에 대한 넓은 개방성과 이를 충실히 활용한 선배들의 유머 덕분에 '술술이'라는 애청자도 생겼다.

여세를 몰아 해설이 곁들여진 음악회 '술술클래식: 더 콘서트'도 진행하고 있다. 새로운 클래식 애호가를 키워내 저변을 확대하고, 기존 애호가들의 이해의 폭을 넓히고 싶은 열망을 담은 기획이다.

올해는 코로나 바이러스 감염증으로 많은 공연이 취소됐다. 그 자리를 온라인 공연 중계가 대신하고 있다. 〈술술클래식〉 진행자 셋이 소프라노 조수미, 피아니스트 손열음, 바이올리니스트 클라라 주미 강, 비올리스트 리처드 용재 오닐 공연 때 생중계 해설을 맡았다. 코로나 시대 '뉴노멀' 음악 감상법인 셈이다. 텅 빈 객석을 두고 눈물을 흘리며 연주하는 모습들이 안쓰러웠지만 온라인 음악회도 나름의 의미를 찾아가고 있다. 최근에는 연주의 각 순간을 해설하는 중계도 진행 중이다. 소리를 들어야 하는 음악회이지만, 들으면서 궁금해할 수 있는 지점에서 감상을 돕도록 설명을 곁들인다. 김연아 선수의 스케이트 경기를 중계하듯 곡과 연주의 기술적, 예술적 분석을 해주는 것이다.

어떤 채널로든 클래식 음악을 듣는 저변이 확대되면 좋겠다. 기존 대부분의 클래식 음악이 특정 극장에 가서 음악을 듣는 '닫힌 환경'이었다면, 온라인 음악회라는 '열린 환경'이 음악에 대한 쉬운 접근으로 저변 확대에 기여하기를 기대한다.

약간의 거리를 둔다

어릴 때부터 혼자 잘 놀았다. 남들도 다 그렇게 노는 줄 알았다. 중학생 때까지는 추리소설을 읽느라 방에서 나오지 않았고, 고등학생 때는 용돈을 쪼개 영화와 클래식과 팝 음악, 음악 잡지에 파묻혀 살았다. 대학 입학 후 첫 엠티 때, 선망하며 선택한 이 전공이 나와 맞지 않는다는 걸 알게 됐다. 적응해보려는 노력은 성공으로 이어지지 못했다.

결국 졸업을 위한 전공필수 과목만 수강하고 나머지는 대학 입학 전부터 궁금했던 학과를 부전공으로 공부하고, 궁금한 주제에 대한 다른 과의 수업으로 학점을 채웠다. 전공과의 거리 유지는 역설적이게도 내가 왜 이 과를 선택해서 대학까지 오게 됐는지에 대한 이유와 대안도 스스로 찾게 해주었다.

사람들과 잘 어울렸지만, 혼밥도 편했다. 혼밥을 못하는 사람이 있다는 걸 나중에 알고 크게 놀랐다. 음악은 좋아했지만 음악 동아리에는 가입하지 않았다. 업계 선후배 중에는 유명 음악동아리 출신이 많지만, 나는 그룹 활동에 묶이는 것을 불편해했다. 지금은 취미가 직업이 되어 주변 사람들이 모두 음악 전문가다. 업계 사람들과 매우 가깝게 잘 지내지만 이 안에서 똘똘 뭉치기보다는, 음악을 좋아하는 다른 분야 사람들과 만나는 것도 소중하다. 다른 시각의 사람들한테서 듣는 음악 얘기가 더 신선하게 느껴질 때도 많기 때문이다.

적당한 거리에서 바라볼 수 있는 위치가 마음 편하다. 굳이 가까워지려 애쓰는 것도, 서먹하게 만들려고 밀어내는 것도 아니다. 취미와 일, 인간관계 모두 오래가고 마음이 편하려면 일정한 거리를 두는 게 도움이 된다. 팀워크를 위해 필요 이상으로 희생하면 내가 무너질 우려가 있고, 내 것을 안 뺏기려고 해도 마찬가지로 무너진다. 약간의 거리와 여유는 의견이 다른 상대방과 벽을 두는 실수를 줄여주고, 쉽게 실망하고 평가하고 단절하는 것도 피하게 해준다.

몸도 생각도 동사형: 움직일 수 있게

거리두기는 편향적 사고로 빠지지 않게 하기 위해서도 필요하다. 특히 혼자 일하다보면 내 생각만 강해질 수도 있기 때문에 이런 장치가 더더욱 필요하다. 그래서 언제부턴가 리뷰보다는 인터뷰에 집중하게 됐다. 리뷰는 결론을 내려야 한다. 이때 나도 모르게 결론을 위한 결론을 내버릴 우려가 있다. 가끔 공연 한 번 보고 그 연주자의 모든 걸 결정해버리는 듯한 의견이나 리뷰를 접하면 몹시 불편하다. 연주자의 고독한 시간과 훈련의 무게, 인내와 절제와 외로움을 견뎌낸 결과물을 무대 위의 단 몇 분만으로 껌 씹고 뱉듯 평가하는 모습이 낯뜨겁다. 단호한 저 평가자는 연주라는 걸 해봤을까? 악보는 볼 줄 아는 걸까? 누가 저들에게 펜이라는 무기를 쥐어주고 함부로 쓰고 말해도 된다고 했나. 나도 저들과 크게 다르지 않다는 생각에 이르렀을 때, 상당 기간 괴리감이 들었던 적이 있다. 그 이후로 판단하고 비판하는 일에는 거리를 두게 됐다.

불편한 비평 대신 선택한 글쓰기는 '인터뷰'였다. 인터뷰는 질문하고 답을 듣고 내가 몰랐던 맥락을 파악하는 과정을 통해 새로운 생각이 열릴 기회를 준다. 결론부터 내리고 인터뷰를 시작하면 '악마의 편집'을 하게 될 수 있으므로, 결론을 내리지 않고 과정을 충실히 담아 전달하는 것이 중요하다. 인터뷰에 더 초점을 둔 글쓰기는 새롭고 충분히 매력적이다.

8년 전 극장을 나오면서 '과장'이나 '차장'과 같은 '명사형' 직함이 아니라, '동사형'으로 나를 설명할 수 있는 일을 떠올려봤다. 여전히 나는 질문하고 답을 얻으며 새롭게 알게 되는 세상에 관심이 많았다.

『클럽 발코니』 일을 맡으면서 이 '동사'에 더 집중하게 됐다. 지금까지 바이올리니스트 정경화, 피아니스트 백건우, 조성진, 임동혁, 손열음, 영화감독 박찬욱, 사진작가 윤광준, 현대무용 안무가 안성수, 소프라노 조수미, 첼리스트 장한나, 발레리나 강수진 등 음악가와 음악을 좋아하고 탐구하며 자신의 영역을 통해 음악 사랑을 드러내는 애호가들과 인터뷰를 진행했다.

한 번 만난 사람부터 20년이 넘는 긴 시간 동안 계속 얘기를 나눠본 사람까지 만난 깊이와 시간은 저마다 다르지만, 이들은 모두 나에겐 호기심의 대상이다. 그들의 음악과 예술이 계속 움직이고 있기 때문이다. 보이지 않는 길에 발을 내딛고 추상적인 감동을 일궈내는 이들의 일상은 일반인들과 많이 다르다. 이들은 모든 것을 철저하게 혼자 구상하고, 표현해야 하며, 결과도 혼자 받아들여야 한다. 연주가 항상 좋을 수만은 없을 텐데, 무대에 들고 날 때마다 얼마나 큰 희비가 오갈까.

같은 입장이 되어보지 않은 상태에서, 뻔한 질문으로 마주하고 싶지 않아 늘 조심스럽다. 한 번의 인터뷰로 정리가 되지 않아, 집에 돌아와 녹취를 풀면서 다시금 떠오르는 궁금증을 몇 차례 더 질문하고 풀어낸다. 연주했거나 연주할 곡목을 미리 공부하고, 같은 곡을 연주한 다른 음악가의 앨범을 듣고, 가능하면 악보를 찾아보기도 한다. 작곡가 전기를 읽거나 연주자가 어딘가에서 흘린 말 한 마디라도 인터뷰와 연계성이 없을까 찾아보며 질문과 답변을 정리한다.

무대 위의 시간을 지켜내고 시선을 감내하기 위해 사투를 벌이는 그들의 세상에 좀더 다가가는 느낌이 좋다. 이들과 나눈 8년간의 이야기를 담은 책도 현재 준비 중이다.

지독한 음악 사랑으로 자신을 다독이고 일으켜 세워가며 또다시 연습과 연주에 매진하는 모습은 보통 사람의 열정으로는 감당하기 힘든 것이다. 부끄럽지 않은 무대를 지켜내기 위해 감내해온 많은 것, 보통 사람이라면 마음껏 누리는 아주 사소한 것부터 시작해 엄청난 것들을 포기해온 이야기들이다.

홀로 외로운 싸움을 하며 관객 앞에서는 낱낱이 해부당하는 듯한 일을 견뎌내는 이들을 계속 접하게 되면서 이들의 관점을 잘 전달해야 한다는 '의무감' 같은 것이 생겼다. 나만 알고 있기에는 너무나 큰 이야기들을 얼마나 잘 풀어낼 수 있을까. 그 숙제를 하며 오늘도 쓰고 지우고 또다시 쓰는 중이다.

누군가에 대해 글을 쓰려면 그에 대한 애정이 있어야 한다. 인터뷰이의 예술세계에 대한 기대를 갖고 찾아갔는데, 막상 '그 인물'이 아닌 경우가 있다. 예상보다 더 훌륭한 사람일 수도 있지만, 그 반대라면? "제가 사람을 잘못 봤네요"라고 쓸 수는 없으니 인터뷰이의 말과 행동에서 좋은 점을 찾아내기 위해 생각을 쥐어짠다. 결론을 과장할 수 있고, 거짓을 전달할 수 있다는 생각에 불편해진다. 이 불편함에서 자연스럽게 빠져나오도록 돕는 탈출 방식은 먼 산으로 시선을 옮겨가게 해주는 유머 한 스푼을 떨어뜨리는 것이다. 「알쓸신잡」에서 모씨의 억지에 가까운 자기주장은 참기 힘들었다. 이때 소설가 김영하는 재치와 엉뚱한 듯 초연한 유머로 유쾌하게 상황을 마무리했다. 프로그램 내내 김영하는 다양한 각도에서 경직되지 않은 생각을 넌지시 보여주었다. 한발 떨어져서 바라보는 시선, 이것은 경화되지 않은 동사형 사고에서 나온다고 생각한다.

공연과 휴식

역사적인 오페라 공연이 끝난 직후, 프랑스 본국 문화원에서 주최하는 고음악 포럼Early Music Forum에 초청을 받아 프로덕션 대표와 함께 파리로 날아갔다. 자국 내 고음악 활동과 아티스트를 알리기 위한 이 행사는 파리와 맛의 도시 리옹, 고음악의 성지인 앙브로네에서의 주제별 포럼, 고성에서 스타 고음악 연주자들의 무대를 감상하는 프로그램이었다. 베르사유 궁정 안에서 바로크음악센터 합창단의 공연을 감상하고, 일반인들에게는 공개되지 않는 화려한 조명을 켠 '베르사유 궁전의 밤'을 설레는 마음으로 누비고 다녔다. 아시아, 미 대륙, 유럽 각지의 고음악 기획자들을 만났고, 클래식 음악 중에서도 더 작은 고음악 시장에서 겪는 고충과 보람, 소소한 즐거움을 나눴다. 모든 일정을 마친 후, 운좋게 붙어 있는 추석 연휴를 활용해 파리와 독일의 베를린, 드레스덴, 라이프치히에서 현장 심화 학습을 즐겼다.

휴식과 재충전을 위해 기회가 허락할 때마다 클래식 음악의 발자취와 현주소를 만나기 위해 유럽으로 떠난다. 음악가의 생가, 공연, 중요한 극장의 기획 무대를 경험하고, 기획자들을 만나기도 한다. 수백 년 전의 그 나라, 그 시대 역사와 흔적을 찾아가는 모든 것이 공부가 된다. 일종의 수학여행, '그랜드 투어'인 셈이다.

올해는 베를린과 함부르크, 라이프치히와 빈, 부다페스트 극장의 공연을 예매해놨는데 모두 취소됐다. 지출이 크게 부담돼도 다녀오는 이유는 무엇보다 본고장에 다녀오면 음악을 좋아하는 마음이 마구 커지기 때문이다. 그것이 새로운 일을 할 수 있도록 나를 지탱하는 힘이 되어준다.

나를 지켜내는 혼자만의 의식

메이슨 커리가 쓴 『리추얼』이라는 책이 있다. 일상에서 스스로 정해놓은 규칙과 규율을 준수하며 철저하게 일상을 관리하는 많은 창작자의 이야기가 나온다. 그들은 자기 시간을 관리하고 몸과 소통하며 몸과 머릿속 근육을 키우기 위해 항상 노력했다. 나 역시 스스로 만든 규칙을 지키려고 늘 노력한다.

잡지 마감과 공연이 맞물리면 마음이 편치 않다. 잡지 발행과 공연 모두 정해진 기간 내에 정해진 일과 돌발적인 일들을 처리해야 해서 시간의 압박이 심하기 때문이다. 집중하는 때가 있으면 힘을 모조리 빼는 시간도 필요하다. 회사 다닐 때는 못했지만 지금은 할 수 있는 것이 낮잠 자기다. 물론 일이 밀리면 밤샘도 생기고 휴일도 날아간다. 어떤 일이든 한 프로젝트가 끝날 때까지 긴

장과 잔상이 시도 때도 없이 나타나 괴롭힌다. 퇴근하면 책임 맡은 일에서 벗어나는 직장인들이 부러울 지경이다.

스스로의 판단으로 업무 순서와 일의 양을 조정할 수 있다는 것은 내 일의 장점이자 단점이다. 30대 초반까지는 며칠씩 밤을 새우고 잠을 줄여가며 일해도 견딜 수 있었지만, 점점 몸의 균형과 순환에 이상이 왔고, 이후에는 매주 교정이 필요한 상황에 이르렀다. 잠은 때에 맞춰 자야 하되, 추가 낮잠은 보약이 된다.

제때 잘 자는 것과 더불어 중시하는 것은 '제때 잘 먹는 것'이다. 글이 잘 써진다거나 마감 시간에 쫓긴다는 이유로 식사를 거르거나 늦은 시간 과식하는 경우가 종종 있었다. 몸은 불규칙한 식사를 서서히 거부하기 시작했고, 결국 터질 게 터졌다. 3년 전 베이징과 로마 출장을 연이어 다녀오면서 장폐색증이 온 것이다.

장폐색은 장의 운동 부족으로 인해 장이 유착되는 것으로 오래 방치하면 탈수와 함께 장내 유해균이 퍼져 죽음에 이를 수도 있다. 동료와 함께 식사하러 나갔다가 잠시라도 걷는 직장인들처럼 혼자 일하는 사람 역시 식사 시간도 규칙성을 띠어야 한다. 내 경우에는 한동안 불규칙한 식사로 장이 스트레스를 받았는데, 출장 간 곳에서 일도 많았고, 영하에 가까운 날씨 속에 야외공연을 관람했으며, 시차로 인해 수면 시간과 식사 시간도 바뀌면서 병이 찾아왔다. 말할 수 없이 심한 복통, 구토, 탈수 증세로 결국 로마의 응급실 신세를 졌다. 인천공항에 도착해서 바로 입원하고 치료를 받으며 깨달았다. 시차 적응은 '잠'의 시간 주기를 맞추는 것과 함께 '장'의 운동 주기가 적응해야 하는 것이었다. 이후 지금은 매일 걷고, 자극적인 음식이나 과식, 특히 밤사이 장의 휴식을 방해하는 야식은 하지 않는다.

결국 혼자 일하는 사람에게 가장 중요한 것은 건강이다. 2020년 들어 어쩔 수 없이 생긴 큰 변화 중 하나는 홈트레이닝을 꾸준히 한다는 점이다. 유튜브에서 만난 '자세요정' '듀잇' 채널은 비대면 시대에 나의 체력 관리를 돕는 스승이다. 무라카미 하루키의 달리기 사랑은 유명하다. 『달리기를 말할 때 내가 하고 싶은 이야기』와 『직업으로서의 소설가』를 읽어봐도, 자신을 지탱하고 견뎌내는 힘의 근원은 체력 관리와 규칙성에 있다.

회사의 구성원일 때는 내가 아파도 대체할 사람이 있다. 반면 혼자 일하는 나는 누구도 대체할 수 없다. 체력은 자신감의 근원이자 실력이다.

매우 혼자인 사람들의 일하기

ⓒ 김개미 김겨울 김광혁 김기영 김영글 김주영 김택규 노명우 리우진 신견식 이지영 황치영

1판 1쇄 2020년 12월 1일
1판 2쇄 2021년 4월 8일

지은이 김개미 김겨울 김광혁 김기영 김영글 김주영
        김택규 노명우 리우진 신견식 이지영 황치영
펴낸이 강성민
편집장 이은혜
마케팅 정민호 김도윤 최원석
홍보 김희숙 김상만 함유지 김현지 이소정 이미희 박지원

펴낸곳 (주)글항아리 | 출판등록 2009년 1월 19일 제406-2009-000002호
주소 10881 경기도 파주시 회동길 210
전자우편 bookpot@hanmail.net
전화번호 031-955-1936(편집부) 031-955-2696(마케팅)
팩스 031-955-2557

ISBN 978-89-6735-842-6 03810

이 책의 판권은 지은이와 글항아리에 있습니다.
이 책 내용의 전부 또는 일부를 재사용하려면 반드시 양측의 서면 동의를 받아야 합니다.

잘못된 책은 구입하신 서점에서 교환해드립니다.
기타 교환 문의 031-955-2661, 3580

www.geulhangari.com